dtv

Alles, was Sie über Fußball wissen müssen: die zehn Gebote für Fußballer, Trainer und Spielerfrauen, die Highlights aus 90 Fußballminuten, die härtesten Fakten, die wichtigsten Begriffe, die spannendsten Listen, die ruhmreichsten Fußballszenen, die tiefsinnigsten Sprüche der Denker in kurzen Hosen, die peinlichsten Kommentare, die schönsten Tore: Harald Braun hat Listen, Fakten, Anekdoten zusammengetragen und kommentiert sie liebevoll, ironisch, bissig. Enthüllende Dialogszenen über die sieben Siegel auf dem Weg zur Perfektion – von der Mannschaftsaufstellung bis zur adäquaten PR – bereichern jeden Fußballdiskurs. Nach wie vor Gültigkeit aber hat der klassische Ausspruch von Hans Krankl: „Wir müssen gewinnen, alles andere ist primär."

Harald Braun, geboren 1960, gefühlter Fußballprofi auf kostenloser Basis, spielt bei dem SV Rugenbergen in der Bezirksliga Hamburg, dem FC Freischütz München, der Ü33 und den Betriebssportlern von Gruner & Jahr. Und überhaupt überall, wo man ihn noch mitkicken lässt. Um zu überleben, arbeitete er als stellvertretender Chefredakteur bei ‚Allegra' und schreibt nun für Magazine und Zeitungen und immer wieder Bücher wie zum Beispiel ‚Abseitsfallen' oder ‚Fußball. Kleine Philosophie der Passionen' (zusammen mit Johannes Dräxler).

Harald Braun

„Das sind Gefühle, wo man schwer beschreiben kann!“

Die Kickerbibel

Deutscher Taschenbuch Verlag

Von Harald Braun ist
im Deutschen Taschenbuch Verlag erschienen:

Fußball. Kleine Philosophie der Passionen
(34288; zusammen mit Johannes Dräxler)

Originalausgabe
März 2006

www.dtv.de

Umschlagkonzept: Balk & Brumshagen
Umschlagfoto: © Corbis / Randy Faris
Satz: Greiner & Reichel, Köln
Gesetzt aus der Excelsior (9/12˙), der Akzidenz Grotesk (9/11,75˙)
und der Trixie Plain
Druck und Bindung: Druckerei C.H. Beck, Nördlingen
Gedruckt auf säurefreiem, chlorfrei gebleichtem Papier
Printed in Germany
ISBN-13: 978-3-423-20878-9
ISBN-10: 3-423-20878-3

Inhalt

Vorwort

Normalerweise braucht ein Buch wie dieses keine Gebrauchsanleitung. Man liest es und vergnügt sich, wenn man über das gleiche Humorverständnis wie der Autor verfügt. Dann ist ohnehin alles gut, und Sie könnten an dieser Stelle einfach weiterblättern. Vielleicht aber nehmen Sie den Fußball ja wirklich, wirklich ernst. Und würden dem ehemaligen Liverpooler Trainer Bill Shankly bedenkenlos zustimmen, der einmal gesagt hat: *„Einige Leute halten Fußball für einen Kampf um Leben und Tod. Ich mag diese Einstellung nicht. Ich versichere Ihnen, dass es viel ernster ist!“*

In diesem Fall werden Sie den Unterton dieses Buches bedenklich finden. Er suggeriert nämlich, dass hier ein Mann das Wort ergriffen hat, der sich über den Fußball lustig macht. Der den heiligen Ernst dieser Ersatzreligion verkennt, der Distanz simuliert und souveräne Abgeklärtheit. Nichts könnte verkehrter sein. Ich würde, ließe mein Körper mir die Wahl, jeden verdammten Tag auf einem Sportplatz herumlungern, um zu kicken. Anschließend würde ich dann gern auf Premiere, DSF und wo immer man es zeigt, stundenlang anschauen, was die prominenten Kollegen aus Madrid, München und St. Pauli zuwege gebracht haben. Sehen wir den Tatsachen ins Auge: Ich bin ein sehr, sehr kranker Mensch!

Das heißt aber nicht, dass Lothar Matthäus mein Idol sein muss. Oder Stefan Effenberg. Oder überhaupt einer dieser Männer, die ihr Kinderhobby zum Beruf gemacht haben und nun glauben, sie seien Gottes Gabe an die Schöpfung. Es muss erlaubt sein, ihre geistigen Tiefflüge, ihre verbale Inkontinenz und ihre eitle Selbstdarstellung amüsiert zur Kenntnis zu nehmen und einem möglichst großen Publikum zu präsentieren. Hey, das ist doch nichts Persönliches …

Wenn in diesem Buch ein paar sinnlose, aber hoffentlich amüsante Mannschaftsaufstellungen, einige boshafte Szenen und überhaupt ziemlich viel absurde Sprüche aus dem irren Bezugssystem des Fußballs nachzulesen sind, dann nehmen Sie das um Gottes willen nicht *so* ernst. Glauben Sie mir – ich will doch auch nur spielen!

Drei große Trainer

[Gedanken über den Fußball]

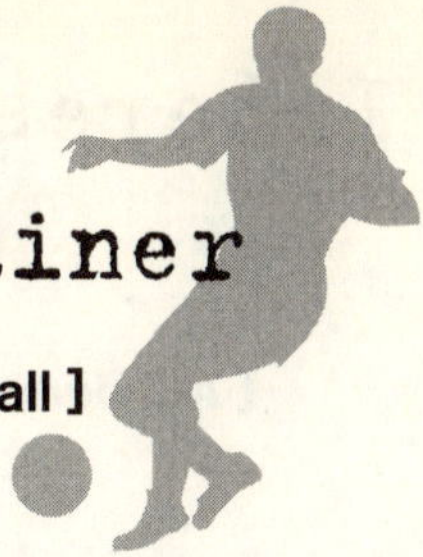

„*Das sind* **Gefühle**, *wo man schwer beschreiben kann!*“

Jürgen Klinsmann

„*Ich habe früher auch die großen* **Philosophen** *gelesen. Doch dann habe ich gemerkt, dass die von meinem normalen* **Denken** *absolut abweichen. Jetzt lese ich nur noch Fußballfachbücher.*“

Peter Neururer

„*Fußball ist* **Ding, Dang, Dong**. *Es gibt nicht nur Ding.*“

Giovanni Trapattoni

Interessante Paarungen, erster Teil

[Auf dem Papier eine klare Angelegenheit!]

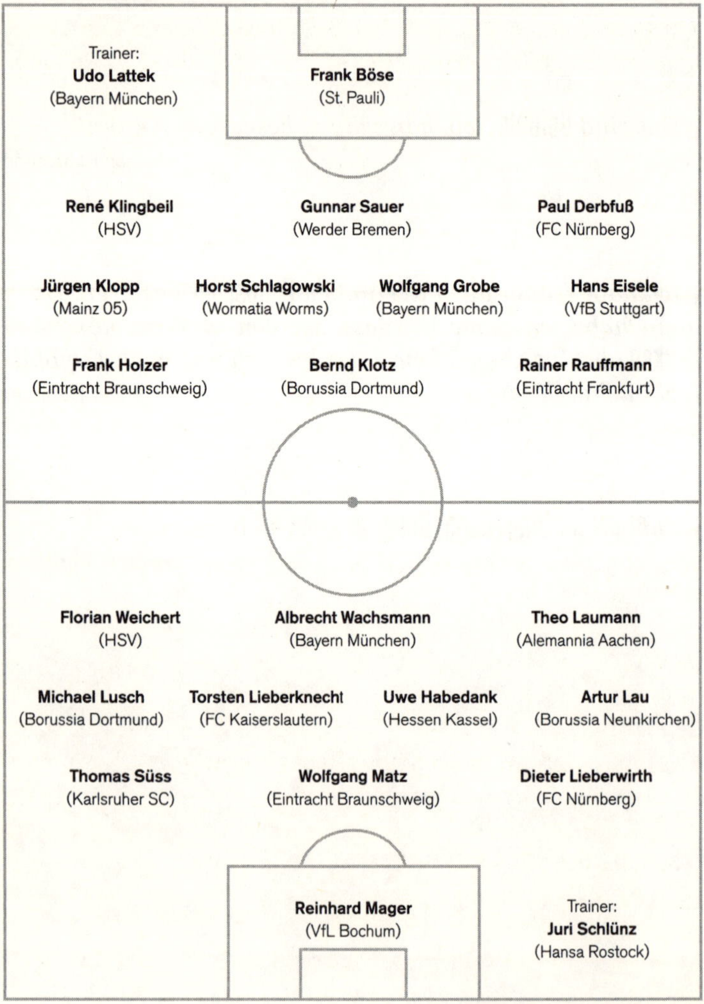

Die 10 Gebote

[Exklusiv für Fußballer]

Du sollst mit der Innenseite passen und nicht versuchen, im eigenen Strafraum einen Beinschuss zu setzen. Darauf solltest du *überhaupt* verzichten.

Du sollst Zweikämpfe gewinnen und nicht faul im Mittelkreis herumlungern.

Du sollst ein Führungsspieler werden und den Schiedsrichter anblöken, weil du deine Mannschaft damit aufrüttelst.

Du sollst dein Trikot in die Hose stecken, wie sieht das denn sonst aus?

Du sollst deinen Verein ehren und nicht so ein ehrloser Legionär werden, der auch für den SV Wilhelmshaven oder Bayern München spielen würde.

Du sollst deinem Trainer vertrauen, auch wenn er nur den B-Schein hat.

Du sollst nach einem Tor von dir nicht wie angestochen zu den Fans laufen und mit dem Daumen auf deine Rückennummer und deinen Namen zeigen und auch keinen Lambada mit der Eckfahne tanzen.

Du darfst in keinem Interview, nicht mal wenn du als Bezirksligakicker eins für das Lokalblatt gibst, „ich sach mal" oder „ja, gut" sagen.

Du darfst niemanden, der dich umgrätscht, mit Sozialpädagogik quälen: „Ay, Digger, wir wollen doch alle morgen arbeiten!"

Du sollst die Worte deines geistigen Führers nicht in Zweifel ziehen. Da hat Kaiser Franz nämlich überhaupt keinen Bock drauf, verstanden?

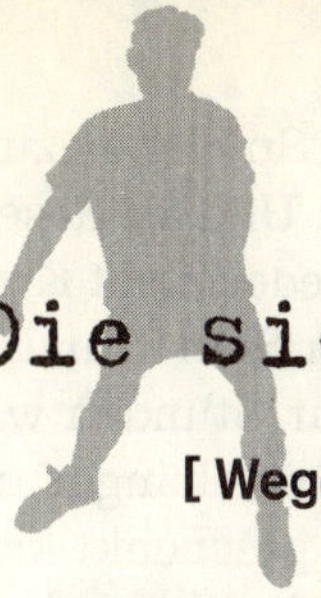

Die sieben Siegel

[Wege zur Perfektion]

Das erste Siegel: Wie man eine Mannschaft aufstellt

Kruppke streicht den Namen Binder mit schwarzem Filzer und schreibt stattdessen: Schredy. Der Binder, die faule Sau, ist schon wieder nicht gelaufen am Donnerstag, denkt Kruppke. Obwohl er weiß, dass der Binder ein Guter ist, prinzipiell, einer, der die Mannschaft spielerisch nach vorn bringt. Technisch gut, sicher. Läuft aber zu wenig, denkt Kruppke, läuft *immer* zu wenig und springt hoch, wenn ihm einer auf die Socken haut. Ich bring den Schredy auf links, der haut wenigstens dazwischen, der reißt sich den Arsch auf, auch wenn der auf den Ball tritt, als ob er's mit einer Kanonenkugel zu tun hat. Auf solche Leute kann Kruppke sich verlassen. Binder aber ist ein unsicherer Kantonist, und vorlaut ist er auch noch, beinahe renitent. Student. Der steht heute erst mal daneben, vielleicht lernt er ja was draus. Mit blödem Gelaber hat noch keiner ein Spiel gewonnen.

Er klebt das weiße Din-A4-Papier mit einem Kreppkleber an einen Toaster, der neben dem Brotkorb auf seinem kleinen Küchentisch steht und liest noch einmal alle Namen laut vor: Koch – Ümal, Sapp, Krethowski, Bannenwirth – Belem, Gonski, Korkmaz, Suezy, Goy – Saborowski, Kling.

Noch ein Kaffee, schwarz, dann reißt er das Papier mit dem Kreppband wieder ab, legt es vor sich hin und ergänzt die Aufstellung um die Ersatzspieler. Ergänzungsspieler heißen die jetzt, denkt Kruppke und grinst: Blödsinn. Zu seiner Zeit war es nicht mal erlaubt, Spieler einzuwechseln. Er schreibt: Kreuz, Sobiech, Binder. Und als Reservetorhüter, unter dem Strich: Schmand. Wieder klebt Kruppke das schwarz gefilzte Blatt an den Toaster. Sein Ritual. Der Toaster und die Aufstellung. In ein paar Stunden wird er das Papier an die Wand der kleinen Kabine hängen und seinen Spielern einbläuen, dass sie nichts geschenkt kriegen und dass sie ordentlich kämpfen sollen. Zweikämpfe gewinnen. Das ist das einzige Geheimnis beim Fußball, weiß Kruppke: Zweikämpfe gewinnen. Und er freut sich auch schon auf das dumme Gesicht vom Binder, wenn der die Aufstellung liest. Soll er halt demnächst mehr laufen, die faule Sau.

Abgerechnet wird zum Schluss

[Bilanzen von fragwürdiger Qualität]

„*Das Tor gehört zu* **70%** *mir und zu* **40%** *dem Wilmots.*“

Ingo Anderbrügge

„*In* **einem Jahr** *hab ich mal* **15 Monate** *durchgespielt.*“

Franz Beckenbauer

„*Pro Jahr habe ich mich ungefähr* **sechs Kilometer** *von meinem Geburtsort entfernt. Folglich werde ich 4647 in* **Australien** *leben.*“

Marco Bode

„*Wir haben uns gegenüber dem Hinspiel um* **50 Prozent** *gesteigert.*“

Christoph Daum nach einem 0:0 bei Fortuna Düsseldorf, die das Hinspiel 1:0 gewonnen hatten.

„*Ja,* **Statistiken**. *Aber welche Statistik stimmt schon? Nach der Statistik ist jeder vierte Mensch ein* **Chinese**, *aber hier spielt gar kein Chinese mit.*“

Werner Hansch

„*Man kennt das doch: Der* **Trainer** *kann noch so viel warnen, aber* **im Kopf** *jedes Spielers sind 10 Prozent weniger vorhanden, und bei elf Mann sind das schon* **110 Prozent.**“

Noch einmal: Werner Hansch

„*Ihr* **Fünf** *spielt jetzt* **vier gegen drei.**“

Fritz Langner, lizenzierter Fußballtrainer

„*Ein* **Drittel***? Nee, ich will mindestens ein* **Viertel.**“

Horst Szymaniak

„*Zu* **fünfzig Prozent** *haben wir es geschafft, aber die* **halbe Miete** *ist das noch nicht.*“

Rudi Völler

„*Der* **Jürgen Klinsmann** *und ich, wir sind ein gutes* **Trio***. Ich meinte: ein Quartett.*“

Fritz Walter junior

„*Zwei Chancen,* **ein Tor** *– das nenne ich* **hundertprozentige** *Chancenauswertung.*“

Roland Wohlfarth

Ein Spiel dauert 90 Minuten

[Und jetzt wissen wir auch, warum]

1. Minute **Timo Konietzka** schoss am 24. August 1963 für Borussia Dortmund in der 58. Sekunde das erste Tor der Fußballbundesliga im Spiel gegen Werder Bremen. „So etwas vergisst man nicht. Alfred Schmidt hatte links auf ‚Emma' Emmerich gespielt. Der lief bis zur Grundlinie und flankte zur Mitte. Ich stand so zwischen acht und elf Meter vom Tor entfernt. Da brauchte ich nur noch den rechten Fuß hinhalten und der Ball war drin." Was nur wenige erinnern: Konietzka schoss am ersten Bundesligaspieltag auch das letzte Tor des Tages, in der 90. Minute. Nutzte wenig. Dortmund verlor trotzdem mit 3:2.

2. Minute Nach 30 Sekunden schien schon alles vorbei: Im WM-Endspiel 1974 in München zwischen Deutschland und Holland hatte Uli Hoeneß (und nicht Berti Vogts, wie manch Fußballfreund sich fälschlicherweise erinnert) Superstar Johan Cruyff von den Beinen geholt. Elfmeter. Bis sich **Johan Neeskens** nach den üblichen Protesten den Ball geholt hatte und schließlich schießen durfte, lief bereits die 2. Spielminute, doch auch das war noch ziemlich früh für die genervten Deutschen. Neeskens traf den Ball nicht voll und hämmerte ihn unkontrolliert fast in die Tormitte – leider war Sepp Maier schon in eine Ecke unterwegs … Zum Glück drehten Breitner und Müller das Spiel später, was jeden Holländer auch heute noch so richtig auf die Palme bringt.

3. Minute Eins der kuriosesten Eigentore der Bundesligageschichte fällt am 4. Dezember 1982 in Bremen. **Jürgen Pahl** erzielt es, der Torhüter von Eintracht Frankfurt, und zwar schon nach drei Minuten. Dabei hat der junge Mann den Ball doch eigentlich sicher in den Händen, will schnell weiterspielen, sieht einen eigenen Spieler anspielbereit, holt mit dem Ball weit aus wie ein Diskuswerfer, sieht im letzten Moment, dass der Mitspieler so anspielbereit wohl doch nicht ist, dreht ab, verliert ob des eigenen Schwungs die Kontrolle über seine Bewegungen und den Ball, was dieser ausnutzt und sich ins Netz absetzt, zur Überraschung und – nach einer Sekunde Reaktionszeit – auch Freude der Bremer Spieler. Im weiteren Verlauf des Spiels erzielten die Bremer dann doch noch zwei Tore selbst, die Herren Völler und Sidka wollten sich von Pahl schließlich nichts vormachen lassen. 3:0. Pahl auf dem Hund.

4. Minute Der letzte deutsche Champions-League-Gewinner ist der FC Bayern München. Am 23. Mai 2000 bezwang er in Mailand den FC Valencia und löste sich damit endlich aus dem Manchester-Trauma. Nach vier Minuten allerdings sah es schlecht aus für den deutschen Meister: Mendieta erzielte per Elfmeter das 1:0 gegen die Bayern. Doch selbst ein verschossener Elfmeter von Scholl hielt die Lederhosen-Gladiatoren um Oliver Kahn, Bixente Lizarazu und Giovane Elber nicht auf: Effenberg schoss in der 50. Minute den Ausgleich, ebenfalls per Elfmeter. Und im abschließenden Elfmeterschießen hielt **Oliver Kahn** gleich drei Elfmeter – das reichte. In diesem Jahr hatte sich der FC Bayern den Pokal redlich verdient – im Viertelfinale hatten sie Manchester United ausgeschaltet, im Halbfinale Real Madrid.

5. Minute Soll noch mal einer behaupten, die Fußballstatistik sei von Sat1 und ‚ran' erfunden worden. Schon 1973 zählte man akribisch nach, wie lange ein Spieler sich in einem Spiel am Ball aufhielt. Lange, sehr lange nämlich: **Günter Netzers** fünf Minuten und fünfzehn Sekunden, die er im Länderspiel am 14. November gegen Schottland den Ball geführt haben soll, sind absoluter Rekord. In der 5. Minute aber war er wohl nicht in der Nähe der Kugel, weil der Schotte Holton in dieser Minute das 1:0 erzielen konnte. Ansonsten aber gab der lange Mönchengladbacher Mittelfeldregisseur den Ball nur ungern ab. 51 Ballkontakte bei einer durchschnittlichen Länge von 6,2 Sekunden in einem Spiel – das klingt respektabel.

Aber mal ganz im Ernst – wenn heute ein Mittelfeldspieler versucht, den Ball länger als zwei Sekunden zu halten, leiden Mitspieler und Trainer schon unter Schweißausbrüchen.

6. Minute 30. Spieltag in der ersten Bundesligasaison, Preußen Münster gegen Hertha BSC. Nach sechs Minuten erzielt Manfred Pohlschmidt das 1:0 auf Vorlage von **Dagmar Drewes.** Die Jungs von Preußen Münster gucken verschämt auf den Boden. Wer deckt denn Daggi, ihr Memmen?, ruft der Münsteraner Trainer auf den Platz. Der Chronist wundert sich. Spielten damals etwa Frauen in der Bundesliga mit? Doch ein Blick ins Kicker-Album klärt auf: Dagmar Drewes, 30 Bundesligaspiele, 2 Torvorlagen, ist ein Mann. Und zwar einer mit einem ungewöhnlichen Vornamen. Die … äh … *DER* einzige Dagmar in über 40 Jahren Bundesliga.

7. Minute Ganze 10 Spiele hat er in der Ersten Bundesliga absolviert, hat dabei weder ein Tor geschossen noch sonst irgendwie Aufsehen erregt. Ein einziger Spruch aber hat dafür gesorgt, dass man heute noch über den Mann von Tasmania Berlin redet: „Guten Tag, mein Name ist Finken, und du wirst gleich hinken!", soll der Verteidiger des schlechtesten Bundesligisten aller Zeiten seine Gegenspieler begrüßt haben. Ob's wahr ist? Von gelben Karten oder gar einem Platzverweis ist in der bescheidenen Bilanz des **Herbert Finken** nämlich gar nichts zu lesen, der am 8. Januar 1966 sein letztes Bundesligaspiel absolvierte und dabei vom KSC nach Toren von Kentschke in der 7. Minute und zwei Mal Dobat abgeschossen wurde. Ein Mythos, dieser Finken.

8. Minute Eines der spannenderen Endspiele des DFB-Pokals findet am 26. Mai 1985 im Berliner Olympiastadion ein überraschendes und willkommenes Ende: durch Tore von Horst Feilzer und Wolfgang Schäfer schlägt Bayer Uerdingen den FC Bayern München mit 2:1. Zwar hatten die Münchner durch den heutigen Hertha BSC Berlin-Manager **Dieter Hoeneß** in der 8. Minute das 1:0 erzielt, doch der Underdog aus der Krefelder Vorstadt drehte das Spiel mit Glück und unbändigem Kampfgeist noch um. Heute schlägt sich die ehemalige Bayer-Werkself aus Uerdingen durch die Niederungen des Amateurfußballs – so geht das, wenn der Sponsor Kassensturz macht und merkt, dass für zwei Bundesligisten nicht mehr genug Geld da ist. Selbst der Name ist futsch: KFC Uerdingen nennt sich der Verein heute.

9. Minute In der Saison 2001/2002 zeigte Bayer Leverkusen den besten Fußball, den die Werkself je zu Stande gebracht hatte. Es reichte allerdings nicht mal zu einem einzigen Titel, obwohl Bayer Leverkusen im Pokal und in der Champions League im Endspiel stand und auch in der Meisterschaft fast bis zum letzten Spieltag alles in der Hand hatte. Im Pokal verlor man gegen Schalke 04 mit 2:4, die Meisterschaft wurde in Nürnberg vergeigt. Und das Champions-League-Endspiel verlor Bayer Leverkusen am 15. Mai 2001 in Glasgow auch noch, obwohl die Pillen-Truppe den besseren Fußball bot und einige glasklare Chancen versiebte. Doch das Unheil nahm in der 9. Minute des Spiels seinen Lauf, als **Raúl** das 1:0 für die Madrilenen erzielte. Zwar glich Lucio in der 14. Minute noch einmal aus, doch in der 45. Minute brachte Zidane seine Mannschaft wieder in Führung. Und so blieb es bis zum Schluss des Spiels. Das tragische Ende einer merkwürdigen Saison.

10. Minute Können Sie sich vorstellen, welcher deutsche Spieler die meisten Spiele im Europapokal der Landesmeister bestritten hat? Einer von Bayern? Stimmt. Aber nicht etwa Sepp Maier, Franz Beckenbauer oder Gerd Müller war's, sondern der stets unauffällige, aber wertvolle Mittelfeld-Renner **Bernd „Wipf" Dürnberger**. Seine beeindruckende Bilanz: 48 Spiele im Europapokal, 375 Bundesligaspiele zwischen 1972 und 1985, 38 Tore. Ob er gewusst hat, dass er am 8. September 1984 unwiderruflich in seine letzte Saison startete, bei Bayer Uerdingen in einem Spiel, in dem Matthias Herget in der 10. Minute die Führung für die Gastgeber erzielte, später aber noch 3:1 verlor? Vermutlich schon. Nur Nationalspieler war Dürnberger nie – schon verwunderlich, bei seinen Erfolgen mit dem FC Bayern.

Interessante Paarungen, zweiter Teil

[Das Gesetz der Natur!]

Trainer:
Rolf Schafstall
(VfL Bochum)

Dietmar Hummel
(SC Freiburg)

Martin Käfer
(SC Freiburg)

Thomas Gansauge
(Hansa Rostock)

Walter Frosch
(FC St. Pauli)

Tobias Maus
(FC Nürnberg)

Willi Entenmann
(VfB Stuttgart)

Dirk Rehbein
(Bayer Leverkusen)

Rainer Zobel
(Bayern München)

Gregor Grillemeier
(Arminia Bielefeld)

Ralph Hasenhüttl
(FC Köln)

Havard Flo
(Werder Bremen)

Nicky Adler
(1860 München)

Manfred Greif
(FC Nürnberg)

Daniel Bärwolf
(VfB Lübeck)

Danny Fuchs
(Greuther Fürth)

Joachim Löw
(VfB Stuttgart)

Bastian Schweinsteiger
(Bayern München)

Zecke Neuendorf
(Hertha BSC)

Michael Hecht
(Bayern München)

Andreas Fellhauer
(Waldhof Mannheim)

Ronald Feuerhahn
(Eintracht Braunschweig)

Fred Bockholt
(RW Essen)

Trainer:
Ede Geyer
(Energie Cottbus)

11. Minute Bis zu dieser Minute war das WM-Vorrundenspiel am 25. Juni 1982 in Gijon ein ganz normales Fußballspiel. Doch dann klickerte **Horst Hrubesch** der Ball vom Knie ins Tor der Österreicher, Deutschland führte 1:0. Exakt der Spielstand, den beide Mannschaften für das Erreichen der nächsten Runde benötigten. Das führte zu einem Nichtangriffspakt der beiden Mannschaften, zu 79 Minuten öder Langeweile und dazu, dass dieses Spiel als „Die Schande von Gijon“ in die Annalen einging. TV-Reporter Stanjek stellte in der 2. Halbzeit vor Empörung einfach seinen Dienst ein, die Zeitungen sprachen hinterher von einem „schmutzigen Stück Fußballporno“.

12. Minute Das WM-Endspiel zwischen Deutschland und England 1966 in London ist den meisten noch in guter Erinnerung, wurde Deutschland doch damals durch ein Tor von Geoff Hurst geschlagen, das gar keines war (das so genannte „Wembley-Tor“). Nur wenigen Kennern aber ist noch geläufig, dass Deutschland in diesem Finale in der 12. Minute in Führung ging: 1:0 durch **Helmut Haller**, den Italien-Legionär, der damals auf dem Höhepunkt seiner Schaffenskraft agierte. Der Mann aus Augsburg hatte auch schon im Viertelfinale gegen Uruguay und im Halbfinale gegen die Sowjetunion getroffen.

13. Minute *Das Spiel mit dem Turban* – mehr muss man eigentlich nicht sagen, schon wissen Eingeweihte Bescheid: „Pokalfinale – **Dieter Hoeneß** – Kopfwunde – Turban – Kopfball – Tor!“ Das ist in etwa die Assoziationskette, die mit dem schlichten Eingangssatz ins Rollen gebracht wird. Für den nicht so fußballbewanderten Kickerfreund noch einmal die Details. In der 13. Minute des Pokalendspiels zwischen dem FC Nürnberg und dem FC Bayern

München am 1. Mai 1982 stoßen der lange Mittelstürmer des FC Bayern und sein Kontrahent auf Nürnberger Seite, Alois Reinhardt, mit den Köpfen zusammen. Hoeneß erleidet eine Platzwunde, die stark blutet. Doch der Schwabe denkt nicht daran, sich auswechseln zu lassen. Stattdessen lässt er sich einen Kopfverband anlegen, der selbst Liz Taylor geschmückt hätte. Das Spiel steht nach einer 2:0 Führung für den Club aus Nürnberg inzwischen schon 3:2 für die Bayern, da erzielt Dieter Hoeneß den 4:2 Endstand für die Bayern in der 89. Spielminute. Natürlich mit dem Kopf!

14. Minute Das hat nicht mal Wembley verdient, werden Spötter behaupten. Doch das ist natürlich unfair und überdies ein ausgemachter Blödsinn, denn erstens ist es einem Stadion ganz egal, welcher Spieler das letzte Tor in ihm erzielt und außerdem ist **Dietmar „Didi“ Hamann** eine ausgewiesene Spitzenkraft, die erst 2005 mit dem FC Liverpool die Champions League gewann. Und keineswegs ein Rückpass-König und Rumpelfüßler, wie entnervte deutsche Fußballfans und die Herren der Boulevardpresse den Mann immer wieder nennen. Jedenfalls war es kein Rückpass, sondern ein fester 30-Meter-Freistoß, den Hamann am 7. Oktober 2000 zum 1:0-Erfolg über England in der WM-Qualifikation erzielte. Und damit den letzten Treffer im altehrwürdigen Londoner Wembley Stadion, denn anschließend wurde das 1923 errichtete Bauwerk abgerissen und durch eine zeitgemäßere Arena ersetzt.

15. Minute Nach dem Fall der Mauer im November 1989 grasten die westdeutschen Fußballmanager den Osten ab, auf der Suche nach preiswerten Klassekickern für ihre Teams. Der erste Spieler, der den offiziellen Dienstweg von der DDR in die BRD ging, hieß **Andreas Thom** – und der adipöse Bayer-Leverkusen-Funktionär Calmund hatte sich mal wieder als überraschend windschlüpfriger Profieinkäufer entpuppt. Am 17. Februar 1990 debütierte Andreas Thom im Spiel gegen den FC Homburg. Er benötigte 15 Minuten, um endgültig im Westen anzukommen: Thom schoss das 1:0. Insgesamt erzielte er in seiner Premieren-Saison drei Treffer in 13 Partien. Er war auch der erste Spieler aus dem Osten, der ein Tor für das vereinigte Deutschland schoss, am 19. Dezember 1990 gegen die Schweiz.

16. Minute Wer war eigentlich der erste Millionentransfer in der Fußballbundesliga? Wissen Sie nicht? Kein Wunder – einen sooo großen Namen trägt der Mann nicht spazieren. Es ist **Roger van Gool**, und der FC Köln legte vor der Saison 1976/77 1,1 Millionen Mark für den Belgier auf den Tisch. Der FC Brügge bedankte sich. Die Branche schüttelte empört den Kopf, doch eine Fehlinvestition sieht anders aus: Van Gool erzielte in seiner ersten Saison in Köln 10 Tore, das erste schon im zweiten Spiel auswärts in Essen, in der 16. Minute.

17. Minute Gerade noch aufs Treppchen schafften es die deutschen Damen bei der Olympiade in Athen 2004. Die Weltmeisterinnen, die ihr Halbfinale gegen die Amerikanerinnen mit 1:2 verloren hatten, gewannen im Spiel um den 3. Platz durch ein Tor von **Renate Lingor** in der 17. Minute gegen Schweden. Damit zeigte sich mal wieder: Im internationalen Geschäft wird Deutschland momentan von den Frauen überzeugender repräsentiert als von den Jungs. Aber das soll ja bei der WM 2006 in Deutschland anders werden.

18. Minute Wenn es denn mal einen typischen **Stefan-Kohn**-Spieltag gegeben hat in der Fußballbundesliga, dann fand der wohl am 8. Dezember 1990 statt. An diesem Tag erzielte der Stürmer – damals für den VfL Bochum am Start – in der 18. Minute die Führung gegen den SV Wattenscheid. Und wurde im weiteren Verlauf des Spiels ausgewechselt. Im ‚Lexikon der Fußballmythen' wird Stefan Kohn, der im Laufe seiner Karriere für Bayer Leverkusen, Hannover 96, den VfL Bochum, den FC Köln und Schalke 04 spielte und zwischen 1984 und 1997 immerhin 59 Tore erzielte, als *der* Ergänzungsspieler schlechthin geführt. 91 Einwechslungen sind Rekord. Und wenn er dann mal von Anfang an ran durfte, war meistens früh Schluss – wie gegen Wattenscheid. Auf die meisten Auswechslungen kam übrigens der Bremer Norbert Maier: 111 Mal wurde er vom Spielfeld runtergewunken.

19. Minute Auf dem Höhepunkt seiner Schaffenskraft befand sich „kleines dickes Müller“ (Tschik Cajkovsky) während der WM 1970 in Mexico. In den sechs Spielen, die Deutschland dort bestritt, erzielte **Gerd Müller** sagenhafte 10 Tore und wurde natürlich Torschützenkönig. Zwei Mal drei davon kassierten allein die Gruppengegner Bulgarien und Peru, wobei ihm gegen Peru ein lupenreiner Hattrick gelang: In der 19., 26. und 39. Minute erzielte er die 3:0 Führung, Endstand: 3:1. Leider reichten im Halbfinale gegen Italien auch seine zwei Tore nicht, denn das „Spiel des Jahrhunderts“ (siehe 90. Minute) ging mit 3:4 nach Verlängerung an unsere italienischen Freunde.

20. Minute Natürlich war dieses Foul auch nicht brutaler als so manch anderer Tritt. Allerdings hatte der Bremer **Norbert Siegmann** Pech, dass seine Aktion am 14. August 1981 in der 20. Minute des Spiels gegen Ewald Lienen so offensichtliche Splatter-Zutaten aufwies: Der Oberschenkel des Bielefelders sah nach der Stollenbehandlung Siegmanns aus wie etwas, das vom Pferdemetzger bearbeitet worden war. Norbert Siegmann galt seitdem als „der Schlitzer“ von Bremen und sein Vergehen als „das schlimmste Foul der Bundesligageschichte“. Was natürlich ausgemachter Blödsinn ist. Aber: Besser als gar kein Image, würde Siegmanns Mannschaftskollege Michael Kutzop vermutlich behaupten (siehe 89. Minute).

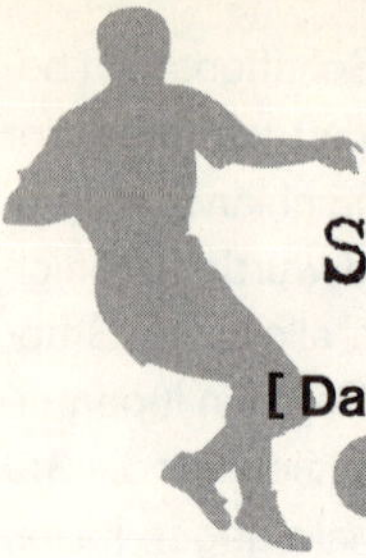

Sondersektion

**[Das Lothar-Matthäus-Evangelium.
Erstes Buch des Laberns]**

„*Yes, ai häv littl problems wiss se* **längwitsch**, *mei inglisch is not very gud, mei tschörman is better and ai hop in de next mouns ai can* **lörn inglisch** *for underständ oll queschtäns in Nu York in Amerika. Änd aim happy aim hier in Nu York, aim happy ai cam next year for play soccer, for täk a gud si-son wiss se Metro Stars and ai hop wi have a littl bit lucky and can win next year se* **americän soccer tschämpionschips**!"

„*Ich hab gleich gemerkt, das ist ein* **Druckschmerz**, *wenn man drauf drückt.*"

Loddar brütet medizinische Erkenntnisse aus

„*Wir dürfen jetzt nur nicht den* **Sand in den Kopf** *stecken.*"

Loddar hat Angst um seine Mitspieler

„**Schiedsrichter** *kommt für mich nicht in Frage, schon eher etwas, das mit Fußball zu tun hat.*"

Loddar riskiert einen Blick in die Zukunft

„*Ein* **Wort** *gab das andere – wir hatten uns* **nichts** *zu sagen.*“

Loddar hört Stimmen und dann doch nicht

„*I hope, we* **have** *a little bit* **lucky**.“ Loddar und der kleine Pons

„*Jeder, der mich kennt und der mich reden gehört hat, weiß genau, dass ich bald* **Englisch** *in sechs oder auch schon in vier Wochen so gut spreche und Interviews geben kann, die jeder* **Deutsche** *versteht.*“

Loddar und das Prinzip Hoffnung in New York

„*Manche Spieler* **reden** *zu viel und* **denken** *zu wenig!*“

Loddar wacht kritisch über seine Zunft

„*Ein Lothar Matthäus lässt sich nicht von seinem* **Körper** *besiegen, ein Lothar Matthäus entscheidet selbst über sein* **Schicksal**.“

Loddar hört die Signale in der dritten Person

„*Wir sind eine gut* **intrigierte** *Truppe.*“

Loddar mit unfreiwilliger Offenheit

„*Damit kann ich auch dann gut essen, wenn* **Lolita** *mal nicht zuhause ist.*“

Loddar macht einen Werbevertrag mit einer Tiefkühlkostfirma

„*Die* **Frauen** *haben sich entwickelt in den letzten Jahren. Sie stehen nicht mehr zufrieden am* **Herd**, *waschen* **Wäsche** *und passen aufs* **Kind** *auf. Männer müssen das akzeptieren.*“

Loddar überrascht, nach der Lektüre der ‚Cosmopolitan‘

„*Ein Lothar Matthäus braucht keine* **dritte Person**, *er kommt sehr gut allein zurecht.*“

Loddar auf der Suche nach seinen ständigen Begleitern

„*Wir haben hier heute das* **Wunder von Kaiserslautern** *geschafft, aber ich denke man sollte das nicht überbewerten.*“

Loddar siegt mit Ungarn gegen Deutschland und bleibt bescheiden

„*Ich muss die* **Spieler** *erst aus ihrer* **Ekstase** *holen.*“

Lothar Matthäus nach seiner ersten Niederlage als Teamchef von Rapid Wien

21. Minute Der Holländer **Frank Rijkaard** macht die Gattung des Lamas vor den Augen der Weltöffentlichkeit wieder populär. Im WM-Achtelfinale von 1990 spuckt er seinem Gegenspieler **Rudi Völler** auf die legendäre Frisur. Beide (!!) Spieler sehen daraufhin die rote Karte. Heute wollen die unmittelbar Beteiligten nicht mehr über diese Entgleisung sprechen, auch wenn vor jedem Duell zwischen Holland und Deutschland die Sprache darauf kommt. „Das Spucken passte überhaupt nicht zu Rijkaard, der ein wirklich höflicher und liebenswerter Mensch ist. Es zeigte aber unsere ganze Frustration“, sagt heute Hollands Ex-Teamtorhüter Hans van Breukelen. Was die Kameras nicht einfingen: Im Kabinengang rotzte Rijkaard den armen Rudi Völler noch einmal an. Völler soll diesmal weniger besonnen reagiert und dem Holländer eins auf die Glocke gehauen haben.

22. Minute Deutschland scheint heute wieder ein Hooligan-Problem zu haben. In Slowenien jedenfalls gewann die deutsche Nationalmannschaft 2005 zwar ein Spiel gegen die Gastgeber mit 1:0 durch ein Tor von Podolski, doch überschattet wurde das unansehnliche Gekicke von noch viel unerfreulicheren Dingen rund um das Spielfeld. Der ‚Stern‘ reportierte markig: „Zu Beginn des Spiels wurden aus dem **deutschen Fanblock** fünf Leuchtraketen auf das Spielfeld geschossen, ab der 22. Spielminute wurden Sitze herausgerissen. Danach versuchten mehr als 50 Polizisten und Ordner in dem Block mit zirka vier- bis fünfhundert Fans für Ruhe zu sorgen. Dabei wurden weitere zwölf Störer festgenommen, so dass abends insgesamt 50 Deutsche in Polizeigewahrsam waren.“ Teamchef Klinsmann nach dem Spiel: „Das tut uns leid, dafür schämen wir uns.“

23. Minute Der Mann heulte nach dem Schlusspfiff hemmungslos. Er hatte den FSV Mainz im letzten Saisonspiel aus der 2. Bundesliga endlich in die 1. Liga geschossen, nachdem die Mainzer das zwei Jahre hintereinander unter tragischen Umständen am letzten Spieltag vergeigt hatten. Er hatte zwei Tore erzielt an diesem Tag, dem 23. Mai 2004, gegen Eintracht Trier, in der 23. und 67. Minute, und eigentlich reichte das, um ihn in Mainz unsterblich werden zu lassen. Doch der kleine Stürmer **Michael Thurk** war todunglücklich. Er hatte während der Saison – im Glauben, dass die Mainzer den Bundesligaaufstieg auch im dritten Versuch nicht packen würden – bei Energie Cottbus unterschrieben. Eine vermeintliche sportliche Verbesserung. Dumm bloß – Cottbus blieb in der 2. Liga, Thurk hingegen schoss seinen alten Verein doch noch nach oben. Zum Glück zeigte sich das Schicksal einsichtig: Thurk kehrte nach ein paar Monaten nach Mainz zurück und spielt jetzt für den selbsternannten Karnevalsverein in der Bundesliga – nachdem er die Hälfte der fälligen Ablöse aus eigener Tasche bezahlt hat.

24. Minute Es ist ein bisschen boshaft, die Karriere des Torhüters **Sepp Maier** ausgerechnet am Spiel seiner Münchner Bayern am 11. Dezember 1965 in Köln festzumachen. Dort kassierte er schon in der 24. Minute das zweite Tor der Kölner (Torschütze: Heinz Hornig) und flog am Abend entnervt mit einer 6:1-Niederlage im Kreuz nach Hause. Doch andererseits: selbst in diesem Spiel erhielt die „Katze aus Anzing“ die Note 2 und galt als Stütze des Aufsteigers. Dabei war es seine erste Saison als Stammkeeper des FC Bayern – niemand konnte absehen, dass er von 1966 bis 1979 442 Bundesligaspiele hintereinander machen würde. „Der Junghans wird hier noch zum Althans, bevor er spielt“, spottete Welt- und Europameister Maier über seinen Ersatztorhüter. Doch am Ende entschied Maier nicht selbst über den Zeitpunkt seines Rücktritts – ein Autounfall beendete 1979 seine Karriere.

25. Minute Der zweite Elfmeter im WM-Endspiel 1974 zwischen Holland und Deutschland. Hölzenbein, der Schwalbenkönig der Frankfurter Eintracht, hatte im Strafraum zur Renaissance des Kunstflugs beigetragen. **Paul Breitner**, damals noch Verteidiger, wie immer mit heruntergezogenen Stutzen und ohne Schienbeinschoner (war damals noch erlaubt) tritt an und schiebt den Ball lässig und unhaltbar ins linke untere Eck. Acht Jahre später wird Paul Breitner noch einmal ein Tor in einem WM-Finale erzielen. Leider fällt es erst in der 93. Minute und ist nur das Ehrentor bei der 1:3-Niederlage der Deutschen gegen Italien.

26. Minute Der ehemalige Nationalspieler **Helmer** hat so einige Tore erzielt, sein bekanntestes war allerdings gar keines, sondern ging als „das Phantomtor" in die Annalen der Bundesliga ein. Bayern-Spieler Helmer erzielte es in der 26. Minute gegen den FC Nürnberg am 23. April 1994. Das heißt, er erzielte es eben nicht. Nach einem Gestocher vor dem Tor landete der Ball nämlich knapp *neben* dem Pfosten der Nürnberger und nicht im Tor. Linienrichter Jablonski allerdings sah das anders, sein Vorgesetzter an der Pfeife hatte offenbar gar nichts gesehen und beugte sich seinem phantasiebegabten Fahnenschwenker. Bayern gewann das Spiel 2:1, Nürnberg legte nach dem Studium der Fernsehbilder Protest ein und erzwang ein Wiederholungsspiel. Das gewannen die Münchner mit 5:0, der Club stieg ab, die Bayern wurden Meister. Bei einem 1:1 indes, also ohne Helmers Phantomtor, wäre Kaiserslautern Meister geworden und Freiburg abgestiegen.

27. Minute Bis zur 27. Minute des Spiels England gegen Portugal im Viertelfinale der EM 2004 schienen die Engländer ein guter Tipp für den Turniersieg zu sein. Doch dann verletzte sich der erst 18-jährige **Wayne Rooney** am Knöchel – vorbei war es mit der Herrlichkeit des britischen Sturms. Schon erstaunlich, wie büffelig und gleichwohl technisch versiert sich Rooney – inzwischen bei Manchester United – in Portugal präsentierte. Ein 18-jähriger Stiernacken und ausgewiesener Puffgänger hätte England zum Europameister machen können. Es sollte nicht sein. Portugal glich die Führung der Engländer durch Owen aus und siegte in der Verlängerung. Der Rest ist bekannt – erst im Endspiel unterlagen die Portugiesen gegen den von Otto Rehhagel organisierten griechischen Vollbeton!

28. Minute ‚Die Büchse des Wahnsinns' müsste der Film überschrieben werden, den wir von Sönke Wortmann sehen wollen und der sich mit den tragischen Vorfällen des 20. Oktober 1971 befasst. An diesem Abend spielte Borussia Mönchengladbach gegen Inter Mailand, Achtelfinale im Europapokal der Landesmeister. Die Gladbacher erwischten einen ganz großen Tag und fiedelten Inter mit 7:1 aus dem Stadion. Doch in der 28. Minute traf eine leere Büchse den Mailänder **Boninsegna** am Kopf, der daraufhin zu Boden plumpste, als hätten ihn die Brüder Klitschko gleichzeitig auf die Zwölf gehauen. Boninsegna erhielt keinen Oscar für seine Darbietung, aber das Ergebnis wurde annulliert, das Spiel wiederholt. Mönchengladbach schied – natürlich – aus. Boninsegna wurde schnell wieder ganz gesund.

29. Minute **Josef Gauchel** hieß der Herr, der am 4. Juni 1938 im Prinzenparkstadion von Paris das erste Tor einer deutschen Nationalmannschaft bei einer WM erzielte. Der Gegner hieß Schweiz, Gauchel erzielte in der 29. Minute die Führung für Deutschland. Der Endstand lautete nach Verlängerung 1:1. Da es damals noch keine Gruppenspiele gab und auch noch kein Elfmeterschießen, trafen sich die beiden Mannschaften fünf Tage später wieder, diesmal gewannen die Schweizer mit 4:2. Aber der Herr Gauchel hat sich trotzdem einen Platz in den Geschichtsbüchern erschossen. Den hat er sich auch verdient, denn der Mann hatte keine schlechte Quote: 16 Länderspiele, 14 Tore.

30. Minute Für die kürzeste Halbzeit der Bundesligageschichte wollte Schiri **Wolf-Dieter Ahlenfelder** am 8. November 1975 in Bremen sorgen. Schon nach 30 Minuten bat der kleine Dicke die Mannschaften von Werder und Hannover 96 zum Pausentee in die Kabine. Der Grund: Ahlenfelder hatte vorher gebechert und die Kontrolle über Raum und Zeit verloren. „Ein Bier und ein Malteser zum Mittagessen, das wird doch wohl erlaubt sein", rechtfertigte Deutschlands lustigster Schiri seinen Auftritt. Der moppelige Ahlenfelder streckte in seinem erst sechsten Bundesligaspiel der verdutzten Fotografenschar neckisch die Zunge raus, beschimpfte verletzte Spieler und erfreute alle mit einer Bier- und Schnaps-Flagge. Tatsächlich musste Ahlenfelder später zur Blutprobe. „Wir sind doch Männer, wir trinken keine Fanta", so sein lapidarer Kommentar. Immerhin ließ sich der Mann aus Oberhausen von Spielern und seinen Linienrichtern überzeugen, dass Halbzeiten beim Fußball 45 Minuten dauern und nahm seinen voreiligen Pfiff aus der 30. Minute wieder zurück.

Die sieben Siegel

[Wege zur Perfektion]

Das zweite Siegel:
Wie man ein Spiel gewinnt

Hilgers holt die Tafel aus seiner Sporttasche und hängt sie an die Wand der Kabine. Dann dreht er sich um. Spricht nicht, bestimmt zehn Sekunden lang, wartet nur. Er lässt seinen Jungs Zeit, die Mannschaftsaufstellung auf der Tafel zu lesen.

„Männer“, sagt er, „Männer, hört mal einen Moment zu.“

Die Spieler drehen sich zu ihm. Vereinzelt wird noch gescharrt, der eine bürstet an seinen Schuhen, ein anderer beklebt seine Stutzen mit farbigem Klebeband. „Schippe, hast du Zeit für uns?“, fragt Hilgers mokant. Schipper dreht sich um, grinst und legt sein Handy weg.

„Klar, Trainer.“

„Das ist schön, denn das dürfte dich interessieren. Du spielst heute gegen den Zehner von Neugraben. Binder. Das ist ein Tänzer. Über den läuft alles, wenn man ihn lässt. Ohne den ist Neugraben eine tote Truppe. Ungefährlich. Da bleibst du dran. Wichtiger Auftrag, Schippe. Wenn der zum Pissen geht, dann wartest du im Windschatten.“

Gelächter in der Kabine.

„Warten kann Schippe supi“, ruft Fluchs.

„Halt die Backen, du Siebzehn, schau du mal, dass du’s auf den Spielbericht schaffst.“

Lauteres Gelächter in der Kabine. Fluchs steht ganz rechts auf der Tafel. Das heißt, dass er heute nicht spielt, jedenfalls nicht von Anfang an.

„Leute, echt jetzt, das ist hier kein Kindergeburtstag, ab jetzt ist Vorbereitung aufs Spiel, der Countdown läuft, Kameraden!" Hilgers wird etwas lauter.

„Also Schippe, was sollst du machen?"

„Den Zehner aus dem Spiel tun."

„Richtig! Und denk dran: nicht lange Ball annehmen lassen. Geh gleich mal runter, hau ihm auf die Socken. Das mag er nicht, der Tänzer. Aber nicht so plump. Gesunde Härte. Ist ja kein Diabola was wir hier spielen."

Hilgers richtet sich jetzt wieder an den Rest der Truppe.

„Leute, ihr kennt Neugraben. Offensiv starke Truppe. Kompakt. Stehen auch gut hinten drin. Habe ich diese Saison zweimal beobachtet. Das wird kein leichtes Spiel. Die haben viele Tore geschossen, aber auch ... wartet mal ..."

Er nestelt in einem Ringbuch, in dem er sich mit Kugelschreiber Notizen gemacht hat, man erkennt Mannschaftsaufstellungen, Pfeile, viele durchgestrichene Linien.

„... Ach nee, die haben ja nur 18 Tore geschossen, aber wenig kassiert."

Hilgers macht eine Pause und überlegt.

„Sind hinten drin also stark."

Er hängt ein bisschen.

„Wir ... äh ... haben ja die ganze Woche am Kopfballspiel gearbeitet. Also ist erst mal Torsicherung das Gebot der ersten Stunde."

Etwas Gekicher in der Kabine.

„Gibt's da was zu lachen, Kurth? Hast du gelacht?"

„Nee, Trainer, ich habe nicht gelacht ... ich meine ... heißt das nicht ... is ja egal."

Ein Handy piept.

Sofort großes Hallo in der Kabine.

„Malle! Malle!", skandiert ein großer Teil der Mannschaft.

„Das kostet!", ruft Mende.

„Welcher Bettnässer ist das?", fragt Hilgers.

„Fünf Euro, ich kassiere gleich!", meldet sich Hohn. Hohn

ist Torhüter und Kassenwart der Mannschaft, und er hat vor, für die Mannschaftstour nach Mallorca eine prall gefüllte Kriegskasse anzusparen.

Inzwischen ist Fluchs identifiziert als der Handy-Störer. Er schaltet es aus und steckt es in die „Wertsachentüte“, die in der Mitte der Kabine auf dem Boden liegt.

„Steht's Essen auf dem Tisch?“, fragt Schipper ihn spöttisch, „Oder was will Mutti?“

„Schnauze, Spacken!“, antwortet Fluchs grinsend.

Hilgers wartet. Es wird wieder ruhiger in der Kabine.

„Also: Torsicherung. Bernie Hohn im Tor. Wie immer, sicher von hinten raus, eindeutige Kommandos. Und lass den Ziele die Abstöße vom Boden machen, du hast 'ne Streuung wie ein Butterkuchen.“

„Ich happ 'ne Problem, Trainer, kann ich nich heute. Muskel macht zu.“

Klausz Zielowski spielt Libero, noch mit der Nummer fünf auf dem Rücken.

„Wenn der Muskel zumacht, du Kasper, dann kannst du auch nicht spielen!“

„Ach, nich so schlimm, Trainer, kein Problem, Muskel noch nicht ganz so zu.“

„Dann wer immer in der Nähe ist. Und Hohn – geh mal aus dem Tor. Du bist doch ein Riese, hast einen Körper wie ein Kühlschrank. Und in der Luft hampelst du rum wie eine Jungfrau im Puff. Da muss mehr kommen, den Stürmern muss der Schmodder schon am Bein runterlaufen, wenn du auf sie zuspringst.“

Hohn schaut sparsam, nickt aber.

„Manndecker Eule und Karim. Nah ran an den Mann, klärt, wer wen nimmt. Muss ich nicht groß ansagen. Übergeben lasst ihr sein, ihr spielt gegen den Mann, und zwar immer denselben. Und versucht nicht diesen Kettenscheiß, das ist Kirmes. Viererkette, so eine Scheiße. Das könnt ihr spielen, wenn ihr bei Real Madrid seid. Und nicht mal diese Heinis können das. Alles Quatsch, Kette …

Hilgers hält kurz inne.
„Und Karim?"
„Yepp?"
„Gesunde deutsche Härte! Kein persisches Kamikaze, verstanden. Das ist in Deutschland verboten. Wenn du wieder vom Platz gehst, dann ersäuf ich dich in der Dusche, da kannst du deinen Honignougat drauf verwetten, Muselmann."
Die Jungs in der Kabine lachen.
„Ay Mann, Trainer, das ist totale Scheiße, ess ich gar nicht, so Honigscheiß."
„Ach, was weiß ich denn, ist mir auch egal, Hauptsache, du bleibst hinten drin. Kein Weg über die Mittellinie, verstanden?"
Karim nickt. Dann: „Ziele Libero, halt den Laden zusammen, ich will dich HÖREN! Auf dem Platz, kein Messdiener-Gewinsel, verstanden? Und Vorstöße nur sondiert!"
„Sie meinen dosiert, Trainer!"
„Kurth, beiß dir auf die Kauzentrale, ich meine, was ich sage! Oder, Ziele, hast du was nicht verstanden?"
„Alles klar, Trainer."
„Na also. Vorstöße von hinten raus also nur … son … äh … selten. Zwei Defensive in der Zentrale: Mende und Ossi. Jungs, ihr seid die Staubsauger, erkämpft Bälle, macht die Räume eng, geht immer mit hoch und gewinnt die zweiten Bälle. Und Ossi: wichtiger Auftrag!"
Ossi schaut auf, ein zu groß geratener Bulle mit Kindergesicht.
„Wenn du den Ball hast, Ossi, was machst du dann?"
Ossi schaut irritiert, macht aber keine Anstalten zu antworten.
„Wie wär's mit Wiehern?", ruft Schipper.
Die Jungs lachen. Hilgers wiegelt ab.
„Ossi – nicht mit dem Ball loslaufen. Spiel ihn ab, gib ihn an den nächsten Spieler, den du siehst. Den nächsten, klar? Nicht versuchen, Fußball zu spielen."

Ossi nickt wie jemand, der gerade eine Gebrauchsanweisung für ein chinesisches Handy vorgelesen bekommen hat. In der Originalfassung.

Hilgers macht weiter.

„Auf der linken Seite Schippe. Sonderauftrag, kennst du ja jetzt schon. Rechten Läufer und Absicherung für Basti spielt Lausen. Lausen, du hast gut trainiert, mach dir nicht ins Hemd, irgendwann musst du ja mal von Anfang an ran. Nutz deine Chance, du bist noch jung. Kannst Fehler machen, aber ich will dich an der Linie rauf- und runterheizen sehen, bis du kotzt. Und mach Basti den Rücken zu, wenn er wieder in der gegnerischen Hälfte parkt."

„Rücken freihalten meint er", sagt Kurth.

„Halt die Backen, du Vollpfosten!", raunzt Hilgers Kurth an. „Ich rede hier, du hast jetzt gerade mal Pause, du Student!"

Kurth senkt verlegen grinsend den Kopf.

„Basti mit der Zehn im offensiven Mittelfeld. Brauch ich nicht viel sagen, reiß das Spiel an dich, zeig dich, lass dich auch mal fallen. Denk dran, Fußball ist ein Bewegungsspiel, Basti, und spiel die Kugel rechtzeitig ab. Gegen Neugraben holst du dir ein Loch im Bein, wenn du wieder Pirouetten drehst, da fackeln die Eisenbieger nicht lange."

„Kann ich mit Deniz tauschen, wenn ich vorher im Sprint in der Spitze war?"

„Ist eine Möglichkeit. Müsst ihr von Fall zu Fall entscheiden. Aber du sollst Deniz nicht immer deine Laufarbeit machen lassen, er steht vorne drin, da braucht er seine Kraft zum Putten. Was, Deniz? Basti, noch was: Freistöße von links macht Fredman, warum hat der denn den Fuß? Will ich nicht noch mal sehen, dass ihr euch um den Ball balgt wie zwei Pollacken auf dem Flohmarkt! Ist doch peinlich so was, wir sind doch nicht im Zirkus Krone."

„Ach Trainer, was soll das denn, ich mach die Dinger doch eher rein als der Hufschmied da", Basti nickt in Fredmans Richtung.

„Klappe, Basti, du bist jetzt gar nicht dran, tu, was ich sach', wenn du diskutieren willst, kannst du 'n Hauptschulabschluss nachmachen."

„Trainer, ist schon fast 20 nach."

„Danke, Kurth, fast hätt ich's nicht bemerkt." Hilgers lächelt süffisant. Dann schlägt er die Hände mit einem lauten Knall zusammen.

„Also, schnell: Deniz und Krause in der Spitze. Schön diagonale Laufwege, einer kommt entgegen, der andere geht lang. Krause: Mach mal den Kopf in den Nacken, wenn du den Ball hast – könnte sein, dass jemand besser steht als du."

„Ich spiel immer ab, ey."

„Ja, klar, Krause. Das seh ich. Jungs, es ist nicht wichtig, wer das Tor macht, Hauptsache wir gewinnen das Spiel. Der Star ist die Mannschaft."

„Fünf Euro in Phasenschweinchen", ruft Zielowski.

Hilgers winkt lachend ab.

„Heißt Phrasenschwein, Polanski", ruft Kurth in die Runde, aber niemand nimmt Notiz von ihm.

„So, Leute, ihr geht jetzt da raus, macht euch ordentlich warm, ich will niemanden gleich aufs Tor bolzen sehen. Und denkt dran: Gleich mal runter, sofort in die Zweikämpfe kommen, ich will nicht sehen, dass ihr da leer rumsteht und euern Gegenspielern beim Zaubern zuschaut. Tut denen ruhig gleich mal weh. Wer nicht mitzieht, ist schneller draußen als er *Scheiße!* sagen kann. Wir haben eine starke Bank. Lutter die 12, Fluchs die 13, Benji ist wieder fit und wird sicher seinen Einsatz bekommen. Hat die 14. Und wir haben ja auch noch den Sportskameraden Kurth mit der 15."

Ein älterer Herr kommt in die Kabine, er hat einen Medizinkoffer und einen kleinen Kasten Wasser in der Hand.

„Heinrich, hier ist der Spielbericht."

Hilgers nimmt ihn entgegen.

„Neugraben spielt ohne Binder, sitzt nur auf der Bank."

„Ach?" Hilgers ist irritiert.

„Muss ich jetzt hinter ihm auf der Bank sitzen?", fragt Schipper.

„Witzig, Schippe. Dann nimmst du den, der kommt."

„Okay …" Schipper grinst in sich hinein.

„Okay, Binder spielt nicht. Hat nichts zu sagen – Neugraben ist auch ohne den Tänzer sehr gefährlich, kein Grund, die Apfelpflücker zu unterschätzen. Geht raus und fresst Gras, ich will euch kämpfen sehen, der Rest kommt dann von allein. Spielt über die Flügel und seid geduldig, wir müssen das Ding nicht in den ersten 10 Minuten gewinnen. Und jetzt RAUS!"

Ein paar der Spieler klopfen müde auf die Bänke, dann trotten sie aus der Kabine. Hilgers ruft ihnen ein letztes Mal hinterher: „Die Null muss stehen, Leute, also hinten Beton. Und vorne hilft der liebe Gott!"

31. Minute Der große Tag der Aachener Alemannia. 29. Mai 2004, Pokalendspiel in Berlin. Bis zur 31. Minute hielten die Aachener Zweitligisten gegen den SV Werder Bremen das Spiel ausgeglichen, dann erzielte **Tim Borowski** das erste Tor für die Bremer. Das Spiel endete 3:2, doch trotzdem durften sich die Aachener als Gewinner fühlen. Da Bremen in der Champions League antrat, rückte Aachen in den UEFA-Cup ein und konnte sich in der folgenden Saison mit großem Kampffußball sogar über die Gruppenphase retten. Damit hatte sich der Club, der nach diversen Skandalen und Pleitefahrten schon in der Versenkung zu verschwinden drohte, sportlich wieder zurückgemeldet und wirtschaftlich saniert.

32. Minute Es ist kein guter Tag für einen Torwart, wenn er in der 32. Minute bereits das 5:0 kassiert und der Schütze der gegnerischen Mannschaft einen Hattrick feiert: **Jupp Heynckes** war der Mann, dem dieses Kunststück gelang und **Peter Endrulat** hieß der Torhüter, der sich am 29. April 1978 vermutlich vorgekommen ist wie im falschen Film. Die Abwehr von Borussia Dortmund leistete keine nennenswerte Gegenwehr an diesem Tag und ermöglichte Borussia Mönchengladbach einen 12:0 Sieg. Wäre der FC Köln nicht so klug gewesen, bei St. Pauli ebenfalls mit 5:0 zu gewinnen, dann hätten die Kölner sich an diesem Tag die deutsche Meisterschaft noch aus den Händen nehmen lassen – drei Tore waren sie am Ende besser. Zum Glück, denn das Geschrei im Land wäre groß gewesen ob dieser wunderlichen Niederlage des BVB. Für den etatmäßigen Ersatzkeeper Endrulat war es das letzte Bundesligaspiel seiner Karriere – danke, Trainer, wird er sich gedacht haben. Aber auch der kam nicht ungeschoren davon. Otto Rehhagel, der Dortmunder Coach, wurde nach diesem unrühmlichen Saisonfinale gefeuert.

33. Minute Bei der WM 1994 in den USA fällt in der 33. Minute das wohl tragischste Eigentor der WM-Geschichte. Der Kolumbianer **Andres Escobar** erzielt es, für die USA. Kolumbien scheidet in der Vorrunde des Turnieres aus, 10 Tage später wird Escobar vor einer Bar in Bogota „exekutiert". Kolumbianische „Geschäftsleute" hätten durch die Niederlage Kolumbiens eine Menge Geld bei Sportwetten verloren, hieß es anschließend – und Escobar musste wohl als Sündenbock herhalten.

34. Minute Der erste Treffer der größten deutschen Stürmerhoffnung in diesen traurigen Tagen: Prinz Poldi, der polnische Rheinländer mit dem schlichten Gemüt eines freundlichen Tanzbärs, hatte zum ersten Mal zugeschlagen. **Lukas Podolski** erzielte am 13. Dezember 2003 in der 34. Minute das erste Tor für den FC Köln in der Bundesliga – auswärts in Rostock. Obwohl der gerade mal 18-jährige Linksfuß in dieser Saison danach noch neun weitere Tore erzielte, stiegen die Kölner ab. Allerdings ein Jahr später wieder auf – dank Poldi, dem Supertalent.

35. Minute Auch der erste Treffer des unbestrittenen „Bombers der Nation" auf Lebenszeit wurde in einem Auswärtsspiel erzielt: **Gerd Müller** brauchte zwei Spiele Anlauf in der Bundesliga, bevor er im August 1965 bei Eintracht Braunschweig zum ersten Mal einnetzte. Der Grundstein für eine unglaubliche Karriere: Müller wurde sieben Mal Torschützenkönig der Bundesliga. Sieben (!) Mal! Lustigerweise erzielte er im Spiel danach auch wieder ein Tor in der 35. Minute. Leidtragender diesmal: Borussia Neunkichen.

36. Minute „Eisen-Dieter" wurde der Mann genannt und es passt irgendwie zum Fußball vom FC St. Pauli, dass über **Dieter Schlindwein** bis heute gern gesprochen (und gelacht) wird auf dem Kiez. Denn der Mann konnte zwar nicht so gut mit dem Ball umgehen, hatte aber keine Bedenken, seine Talente als Hufschmied im Kampf gegen seine Kontrahenten einzusetzen. Ein überlieferter Dialog zwischen Jürgen Klinsmann und ihm zeigt schon, wie der Ex-Waldhofer Blutgrätscher seinen Job verstand. Klinsmann: „Das ist aber ein weiter Weg bei euch von der Kabine auf den Platz." Schlindwein: „Macht nix, zurück wirst du getragen." In der letzten Saison von Eisen-Dieter gesellte sich zu seiner rustikalen Art auch noch der Umstand, dass er immer langsamer wurde und seine Fouls immer derber. So wurde er nur noch selten aufs Spielfeld gelassen. Die Bilanz seiner letzten vier Einsätze in der höchsten deutschen Spielklasse: Auswechslung in der 36. (!) Minute nach früher gelber Karte in Bremen, um ihn vor Rot zu schützen. Gelb gegen Fortuna Düsseldorf. Einwechslung in der 93. Minute gegen Uerdingen. Rote Karte im Heimspiel gegen Mönchengladbach nach 25 Minuten. Danach hatte man ein Einsehen und schickte Schlindwein auf die Tribüne – und Stürmerreihen in Deutschland atmeten hörbar auf.

37. Minute Das waren noch Zeiten: 6. September 1969, Revierderby, Dortmund gegen Schalke. Nach dem 1:0 der Schalker in der 37. Minute stürmten Zuschauer auf den Platz, es kam zu Tumulten. „Haltet den Hund fest", will Schalkes Verteidiger **Friedel Rausch** noch gehört haben, doch da schrie er auch schon auf: Der Schäferhund-Rüde Rex hatte sich zwei Mal am Hintern des knochenharten Grätschers bedient. Rausch spielte mit höllischen Schmerzen weiter, doch das war nur der Anfang einer langen Leidenszeit: „Es war die Hölle. Fast in jedem Spiel kam mein Gegenspieler an und machte ‚wuff-wuff'. Ich war fortan die Lachnummer der Liga." Wer den Schaden hat: Die Schalker Kollegen flachsten: „Friedel, stell dir vor, der Hund hätte dich vorne gebissen!" Seine Antwort: „Dann hätte der Köter seine Zähne verloren." Das Spiel endete im Übrigen „schiedlich, friedlich" 1:1. SitzPlatzAus!

38. Minute In der 38. Spielminute ist noch nie etwas passiert. Keine wichtigen Tore, keine Geniestreiche von Fallrückzieher-Artisten, keine nennenswerten Schiedsrichterbeleidigungen, umgefallene Tore oder Flitzereinlagen. Vielleicht habe ich aber einfach nicht lange genug gesucht? **Der Leser**, der mir die schillerndste, bedeutendste, absurdeste (und bitte auch: nachprüfbare) Szene aus einer 38. Minute der Fußballgeschichte zusendet, wird mit einem wertvollen Geschenk belohnt. Dem Trikot eines Spielers meiner Freizeitmannschaft zum Beispiel, oder mit einer Karte fürs WM-Finale, das wird man sehen. Also: Recherchieren Sie selbst! Und senden Sie Ihre Geschichte von der 38. Minute an h.braun@t-online.de.

39. Minute WM 1966, England. In der 39. Minute der letzten deutschen Vorrundenpartie erlief sich **Lothar „Emma" Emmerich** auf der linken Seite einen Steilpass Overaths und hämmerte das Leder aus nahezu unmöglichem Winkel an Spaniens Torhüter Iribar vorbei ins Winkelkreuz zum 1:1-Ausgleich. Der Treffer wurde von der versammelten Journalistenschar spontan als das „Tor des Jahrhunderts" bezeichnet. Vermutlich hat Emma vorher gebrüllt: „Gib mich die Kirsche!" – dieses legendäre Zitat wird dem Dortmunder zugeschrieben. Deutschland gewann übrigens gegen Spanien mit 2:1.

40. Minute Ob sich **Otto Rehhagel**, inzwischen auch als „Rehakles" bekannt, noch an den 14. November 1964 erinnert? An diesem Tag schoss „König Otto" im Bundesligaspiel seiner Berliner Hertha lustigerweise gegen seinen späteren Verein FC Kaiserslautern das erste Bundesligator seiner Karriere. Es war das 3:0 in der 40. Minute, fünf Minuten später verwandelte er sogar noch einen Elfmeter zum 4:0. Otto Doppelpack. Dabei wird der gelernte Anstreicher ja von Zeitgenossen mehr als Grobmotoriker erinnert – es blieb auch der einzige Doppeltreffer seiner Karriere. Immerhin: 201 Bundesligaspiele bei 22 Toren. Zumeist allerdings Elfmeter – auch schon in frühen Jahren übernahm der Mann Verantwortung.

Denker in kurzen Hosen

[11 überraschende Erkenntnisse]

„*Bei einem Fußballspiel* **verkompliziert** *sich allerdings alles durch die Anwesenheit der gegnerischen Mannschaft.*“

Jean Paul Sartre

„*Grundsätzlich werde ich versuchen zu erkennen, ob die subjektiv geäußerten Meinungen* **subjektiv** *oder objektiv sind. Wenn sie subjektiv sind, werde ich an meinen objektiven festhalten. Wenn sie* **objektiv** *sind, werde ich überlegen und vielleicht die objektiven subjektiv geäußerten Meinungen der Spieler mit in meine objektiven einfließen lassen.*“

Erich Ribbeck

„*Da krieg ich so den* **Ball** *und das ist ja immer mein* **Problem**.“

Gerald Asamoah

„*Der* **Grund** *war nicht die* **Ursache**, *sondern der* **Auslöser**.“

Franz Beckenbauer

„*Das Unmögliche* **möglich** *zu machen, wird ein Ding der Unmöglichkeit.*“ Andreas Brehme

„*Es hängt alles* **irgendwo** *zusammen. Sie können sich am Hintern ein Haar ausreißen, dann tränt das Auge.*“

Dettmar Cramer

„*Ein Spiel zu gewinnen ist leichter, wenn man* **gut** *spielt, als wenn man* **schlecht** *spielt.*“ Johan Cruyff

„*Das Spiel ist zu* **weit**, *zu* **eng**.“ Wolfram Esser

„*Ich habe nie an unserer* **Chancenlosigkeit** *gezweifelt.*“

Richard Golz

„*Das Problem des deutschen* **Fußballs** *ist der Mangel an Quantität der* **Qualität**.“ Ulli Stielike

„*Was soll der* **Scheiß**, *ich kann kein* **Englisch**.“ Francesco Totti auf die Frage, was er als Römer vom Wahlspruch „Carpe diem“ halte

41. Minute Deutschland Weltmeister – im Jahr 2003! Kein Witz – die Damen waren es, gewannen bei der WM 2003 in den USA den Titel im Spiel gegen die Schwedinnen. Vorausgegangen war ein Sieg gegen die Gastgeberinnen und deren Superstar Mia Hamm. Deutscher Fußball also doch international noch konkurrenzfähig … Obwohl das Endspiel in Los Angeles nicht gut begonnen hatte: Die Schwedinnen erzielten in der 41. Minute durch **Ljungberg** – nicht verwandt oder verschwägert mit dem Arsenal-Star – das 1:0. Doch Meinert glich aus, bevor Nia Künzer dann in der 98. Minute das Golden Goal für die deutschen Spielerinnen erzielte.

42. Minute Man kann's ihm nicht ersparen: **Andreas Keim** ist nun mal der Seuchenvogel des deutschen Bundesligafußballs. Der Mann stieg sechs Mal ab, mit fünf verschiedenen Vereinen. Zwischen 1984 und 1994 begleitete er den Karlsruher SC, Fortuna Düsseldorf, den FC Homburg und die Stuttgarter Kickers gleich zwei Mal in die 2. Liga. (Immerhin stieg er zwischendurch mit den Stuttgartern wieder auf.) Bei Tennis Borussia Berlin beendete er seine Karriere sogar mit einem tja, soll man sagen: standesgemäßen Abstieg aus der 2. Bundesliga? In einem einzigen Jahr spielte Keim 1. Bundesliga, ohne sich hinterher als Absteiger beschimpfen lassen zu müssen: Saison 1985/86 war das, Düsseldorf wurde 14. und im ersten Spiel der Saison erzielte Keim in der 42. Minute das 2:1 gegen Waldhof Mannheim, Endergebnis 4:1. Natürlich interessiert das heute niemanden mehr, aber man kann Keim nicht vorwerfen, dass er nichts für den sportlichen Erfolg getan hätte.

43. Minute „Also, da waren drei Holländer, ich bewege mich, sie gehen mit. Ich gehe zurück, sie bleiben. Der Ball kommt von rechts von Bonhof rein, er springt mir vom linken Fuß weg auf den rechten Fuß. Ich drehe mich und schieße sofort. Als Stürmer weiß man ja, wo das Tor steht ...“ **Gerd Müller** erklärt, wie er am 7. Juli 1974 das entscheidende Tor gegen Holland erzielte. Damit war Deutschland zum zweiten Mal Fußballweltmeister. Und wie bei der Premiere 1954 gegen Ungarn waren sie im Grunde ihrem Gegner hoffnungslos unterlegen. Zum Glück ist Fußball aber ja ein Spiel, bei dem laut Gary Lineker am Ende immer Deutschland gewinnt. Na ja: gewann!

44. Minute **Jean Marie Pfaff** war ein lustiger Maulheld aus Belgien, der in den achtziger Jahren das Tor der Münchner Bayern hütete. Er tat das mit großem Erfolg, unbestritten. Begonnen aber hatte das Gastspiel des Belgiers mit einem albernen Eigentor im ersten Bundesligaspiel der Saison 1982/83. Der Bremer Nationalspieler Reinders, auch als Handballer nicht ohne Talent, hatte von der linken Seitenlinie weit eingeworfen, sehr weit, nahe ans Tor heran. Pfaff streckte sich nach Kräften, kam auch an den Ball, aber nur, um ihn ins eigene Tor zu lenken. Und das war er an diesem Tag: der größte Tor der Bundesliga. Zumal Bayern in Bremen durch diese Kuriosität knapp vor der Pause mit 1:0 verlor.

45. Minute Der argentinische Nationalstürmer **Claudio Caniggia** ist uns allen noch in bester Erinnerung. Zum einen, weil er in seiner besten Zeit ein spektakulär schneller Stürmer gewesen ist. Zum andern, weil der blondmähnige Poser und Maradona-Freund über einen hohen Unterhaltungswert verfügte: Er beglückte die Damen und Barkeeper dieser Welt, brachte Trainer durch lässige Lebensart zur Verzweiflung und saugte sich Lastwagenladungen voller Schnee durch den Rüssel. Umso überraschender, dass der lange gesperrte Argentinier vor der WM 2002 plötzlich wieder eine gute Saison bei den Glasgow Rangers spielte und im WM-Kader der Argentinier stand. Auf einen Einsatz brachte es Caniggia zwar nicht, doch immerhin verabschiedete er sich standesgemäß von der internationalen Bühne. Beim Spiel Schweden gegen Argentinien am 12. Juni gefiel dem Bankhocker Caniggia wohl nicht so gut, was Schiedsrichter Ali Bujsaim aus den Arabischen Emiraten so zusammenpfiff. Also stellte sich der gute Claudio dem Mann in der Halbzeitpause in die Kabine in den Weg und nannte ihn einen „Wichser", was Bujsaim verstanden haben muss: Caniggia erhielt die rote Karte. Bei der WM keine Minute gespielt, aber einen Platzverweis kassiert – das muss man dem Mann erst mal nachmachen.

+++ Halbzeitpause +++

46. Minute Ein Titan kommt auf die Welt. Und er hat, wie sollte es auch anders sein, gleich ein Erfolgserlebnis: **Oliver Kahn** wird am 10. November 1990 beim Spiel seines Clubs Karlsruher SC gegen den VfL Bochum in der 2. Halbzeit eingewechselt. Das ist ungewöhnlich, denn normalerweise kommt es einer Demontage gleich, wenn der Torwart eines Teams den Platz verlassen muss, ohne verletzt zu sein. Doch der bisherige Stammtorhüter Alexander Famulla war offenbar mit seinen Nerven am Ende – da gab es diesen ehrgeizigen jungen Mann, der ihm in jedem Training auf den Wecker ging. Von Famulla stammt angeblich das Zitat, dass er mit Kahn – damals 21 – nicht mehr auf einem Zimmer liegen wolle, denn er habe Angst, dass ihm dieser „ein Kissen aufs Gesicht" drücke. Nun – es reichte auch so für Kahn. In der zweiten Halbzeit des Spiels hielt er seinen Kasten sauber, der KSC machte noch zwei Tore und gewann. Und Famulla war für immer raus aus dem Tor.

47. Minute Tragisches Ende einer glanzvollen Karriere: „Fußballgott" **Jürgen Kohler**, der härteste Hauer der legendären Waldhof-Mannheimer-Grätscherschule, wurde in seinem letzten Pflichtspiel noch einmal vom Platz gestellt. Nicht schlimm eigentlich, dumm nur, dass es sich bei diesem Spiel um das UEFA-Pokal-Endspiel handelte, am 8. Mai 2002 in Rotterdam gegen die Mannschaft von Feyenoord. Und dass Kohler bei dieser Aktion auch gleich noch einen Elfmeter verursachte. Feyenoord führte schon 2:0, bis in der 47. Minute Dortmunds launischer Brasilianer **Amoroso** immerhin für den Anschlusstreffer sorgte. Doch am Ende gewann Feyenoord mit 3:2 und Kohler schaute sparsam aus dem Trikot.

48. Minute Der Kaiser war dem kleinen Mann immer dankbar. Franz Beckenbauer erinnerte sich auch noch in Italien, nach dem WM-Triumph gegen Argentinien daran, dass die deutsche Mannschaft sich beinahe gar nicht für das Turnier qualifiziert hätte. „Mit Mühe und Not über den Brenner gekrochen", hieß es in der ‚Süddeutschen Zeitung' nach dem Qualifikationsspiel gegen Wales am 15. November 1989. Und wer schleppte die deutsche Mannschaft über den Brenner und erzielte in der 48. Minute den Siegtreffer mit einem schönen Volleyschuss? **Icke Häßler**, der kleine Kölner Dribbler, der immer nur spielen wollte und schweren Herzens erst mit 39 Jahren seine aktive Laufbahn beendete.

49. Minute Pokalfinale in Berlin am 22. Juni 1991. Werder Bremen gegen den FC Köln. Nach ausgeglichener erster Halbzeit erzielt Dieter Eilts das 1:0 für die Bremer in der 49. Minute, doch schon ein paar Minuten später gleicht das große Kölner Stürmertalent **Maurice Banach** aus. (Endstand: 4:3 n. E. für die Bremer.) Es soll der letzte ganz große Moment im sportlichen Leben des dunkelhäutigen Stürmers sein, vor 73 000 Zuschauern im Berliner Olympiastadion. Nur fünf Monate später, am 19. November, verunglückt Maurice Banach mit dem Auto und stirbt noch an der Unfallstelle.

50. Minute Das wohl dramatischste Spiel der WM 1982 in Spanien findet in Sevilla statt, Deutschland gegen Frankreich, am 8. Juli. Kampf gegen Eleganz über 120 Minuten, die Franzosen liegen in der Verlängerung bereits 3:1 vorn, da erzielen Karl-Heinz Rummenigge und Klaus Fischer per Fallrückzieher noch den Ausgleich. Im Elfmeterschießen wird Toni Schumacher zum Helden, als er den Strafstoß von Bossis hält. Doch zu diesem Zeitpunkt hat er *die* Aktion des Spiels bereits lange hinter sich. In der 50. Minute des Spiels war **Patrick Battiston** bei den Franzosen ins Spiel gekommen. Nur 10 Minuten später läuft er allein aufs Tor zu, da springt ihm Toni Schumacher mit voller Wucht und Breitseite in den Körper. Battiston verliert Bewusstsein, Zähne und seine Spielfähigkeit, doch Schumacher hat für seine brutale Aktion nur einen erbärmlichen Spruch übrig: „Ich zahl ihm die Jacketkronen!"

Interessante Paarungen, dritter Teil

[Wer hier wohl zuerst die Tanzkarte voll hat?]

51. Minute Das berühmteste Handspiel der Fußballgeschichte: **Diego Maradonas** Tor am 22. Juni 1986 im Aztekenstadion bei der WM in Mexico gegen England. Allerdings will Maradona, dem später Koks und Kuchen arg zusetzten, dabei himmlischen Beistand in Anspruch genommen haben: „Das war der Kopf Maradonas und die Hand Gottes“, behauptete kleines, dickes Diego lange Zeit. Erst Jahre später gab er die unsportliche Gemeinheit zu. Übrigens: Der italienische Regisseur Marco Risi wird das Leben des Argentiniers in die Kinos bringen. Titel des Films: ‚Die Hand Gottes‘.

52. Minute Der Mann ohne Nerven spielte beim VfL Bochum lange im Sturm, später ein Jahr für Schalke – und ein paar Unentwegte werden sich sogar noch an ihn erinnern: **Hans-Joachim, genannt Jochen Abel** spielte zwischen 1972 und 1983 183 Mal in der 1. Bundesliga, erzielte dabei 70 Tore, was schon mal keine schlechte Quote ist. Aber darum geht es hier nicht. Abel trat in dieser Zeit 16 Mal an den Elfmeterpunkt – und verwandelte alle 16 Strafstöße. Das ist bis heute unerreicht, auch wenn Otto Rehhagel ebenfalls auf eine 100-prozentige Elfer-Quote zurückblickt. Er hatte aber nur 12 Mal schießen dürfen. Stellvertretend verweisen wir an dieser Stelle auf den 26. September 1980, an dem Abel in Mönchengladbach in der 52. Minute einen Elfmeter gegen Ulrich Sude verwandelte. Nutzte aber nichts, Gladbach gewann trotzdem 2:1.

53. Minute Langen Anlauf brauchte der Bundes-Rudiii ja nie. Genau vier Bundesligaspiele benötigte der von den Offenbacher Kickers zu den Löwen von 1860 München gewechselte **Rudolf Völler**, bis er am 2. September 1980 sein erstes Bundesligator erzielen konnte. In der 53. Minute durfte Kaiserslauterns schwedischer Torhüterimport Ronnie Hellström den Ball aus dem Netz holen. Damit befindet sich Hellström in guter Gesellschaft. In der deutschen, französischen und italienischen 1. Liga wird Völler im Laufe seiner grandiosen Karriere insgesamt 201 Tore erzielen. Der Mann wurde übrigens von Freund und Feind immer Tante Käthe genannt. Der Grund: „Über meine Frisur mache ich mir keine Illusionen!"

54. Minute Als **Steven Gerrard** in der 54. Minute des Champions-League-Endspiels zwischen Liverpool und dem AC Mailand ein Tor erzielte, klatschten die Liverpooler Anhänger auf der Tribüne noch verhalten Beifall – schließlich lag die Truppe bis dahin 0:3 zurück und die italienischen Ballkünstler hatten schon angefangen, das Spiel mit Hacke, Spitze, eins, zwei, drei nach Hause fahren zu wollen. Doch an diesem 25. Mai 2005 gelang, was an den 364 anderen Tagen des Jahres vermutlich nicht geklappt hätte: Liverpool spielte sich wieder heran, erzielte bis zur 60. Minute den Ausgleich und zitterte sich schließlich bis ins Elfmeterschießen. Der Ausgang ist bekannt – Liverpool gewann die Champions League und der AC Mailand fragt sich immer noch, was ihnen an diesem Abend passiert ist. Eins bleibt unbestritten: Es war ein großartiger Fußballabend.

55. Minute 21. August 1999. In der 55. Minute des Spiels HSV gegen den VfB Stuttgart fiel das 2:0 für den Gastgeber, der gleiche Torschütze erzielte auch das 3:0, ein paar Minuten später. Am Ende der Saison hatte der treffsichere Mensch neun Saisontore auf seinem Konto – selbst für einen Stürmer nicht schlecht. Das Sensationelle an dieser Quote war aber, dass es sich um keinen Stürmer, nicht mal um einen Mittelfeldspieler handelte: **Hans-Jörg Butt** hieß der neunfache Torschütze, und der Mann ist Torhüter. Aber auch kein schlechter Fußballer und zudem mit guten Nerven ausgestattet. So kam es, dass er bei jedem Elfmeter, begleitet von ermunternden ButtButtButt-Rufen der eigenen Fans, nach vorne trabte und meistens locker versenkte. Bis heute hat Butt, der inzwischen für Bayer Leverkusen das Tor hütet, 25 Tore erzielt. Respekt.

56. Minute Der Pokal hat seine eigenen Gesetze – für diese Binsenweisheit muss man 2006 beim DSF-Stammtisch fünf

Euro ins Phrasenschwein einzahlen. Damals aber, 1974, als der Europapokalsieger HSV beim SV Eppingen im DFB-Pokal antreten musste, waren Außenseitersiege noch eine Sensation. In diesen Zeiten spielten Amateure noch wie solche und trainierten nicht für Bimbes vom ortseigenen Schlachter rund um die Uhr. Dass der HSV also am 26. Oktober 1974 mit 2:1 in Eppingen verlor, war für jeden echten Hamburger Fan ein Skandal. Und der Verursacher dieser Majestätsbeleidigung hieß **Gerd Störzer**. Der bis dahin unbekannte Freizeitkicker schoss in der 56. und 72. Minute Rudi Kargus den Ball in die Bude und gilt in Eppingen und Umgebung noch heute als Held.

57. Minute Tore von **Gerd Müller** waren meistens nicht besonders spektakulär. Sie fielen im Strafraum, der kleine, dickbeinige Mann nahm die Bälle für gewöhnlich kurz an, drehte sich auf einem Bierdeckel und schob das Ding rein. Das nannte man, weil es so oft passierte, entweder ein typisches Müller-Tor oder: „Der Ball wurde ‚reingemüllert'." Das Geheimnis seiner Treffsicherheit? Müller im O-Ton: „Wennst denkst, ist es eh zu spät!" Im Spiel gegen Tennis Borussia Berlin am 10. September 1976 dachte er besonders wenig, das brachte dann fünf Tore in einem Spiel. Schon in der 57. Minute fiel Müllers viertes Tor, auch ein Rekord. Endergebnis: 9:0. Die armen Berliner. Eines der fünf Müller-Tore wurde dann doch noch ein ganz besonderes, nämlich zum Tor des Jahres 1976 gewählt. Geht doch.

58. Minute Warum sollte sich noch jemand an die 1:2-Niederlage von Schalke 04 gegen Borussia Mönchengladbach am 8. November 1986 erinnern? Ganz einfach: Es war das letzte Spiel der Duisburger Fußball-Legende **Bernard „Enatz" Dietz**. Und sein letztes Spiel lief wie die gesamte Karriere des kampfkräftigen Verteidigers. Erst sieht es gut aus, durch Wegmann führt Schalke in der 58. Minute mit 1:0. Aber dann verliert Schalke doch noch. Dietz. Er verlor während seiner aktiven Karriere mehr Bundesligaspiele als jeder andere Spieler. Mit 221 Niederlagen in 495 Einsätzen für Duisburg und Schalke liegt der ehemalige Nationalverteidiger noch knapp vor Charly Körbel und Michael Lameck. Auch ein Rekord.

59. Minute Es muss irgendwann am 14. Februar 1975 gewesen sein, auf der Spielersitzung des FC Bayern vor dem Heimspiel gegen den VfB Stuttgart. Der neue Trainer Dettmar Cramer wird die Spieler auf ihre Gegenspieler vorbereitet, Zuteilungen vorgenommen haben, da meldet Bayern-Torhüter Sepp Maier eine Frage an: „Und wer deckt den Franz?" Das Gelächter unter den Profis muss groß gewesen sein, wie man hört. Nur **Franz Beckenbauer** soll etwas sparsam geguckt haben. Ihm galt die unverschämte Frage, denn der Bundeslibero hatte bei beiden (!) vorausgegangenen Spielen in der Bundesliga blitzsaubere Eigentore erzielt: Beim Heimspiel gegen die „Kickenbacher Offers" (Arnim Basche, er meinte natürlich die Offenbacher Kickers) erzielte er in der 59. Minute das 2:2 (Endstand 3:2 für Offenbach); beim 1:4 bei der Berliner Hertha eine Woche später hatte der Kaiser das 0:1 schon in der neunten Minute geschossen.

60. Minute Das schlimme Ende einer Karriere! Es war der 20.9.1989, der 10. Spieltag im Volksparkstadion. Nordderby zwischen dem HSV und Werder Bremen. Der deutsche Nationalspieler und HSV-Verteidiger **Ditmar Jakobs** rutschte 15 Minuten nach der Pause bei einer Rettungsaktion ins eigene Tor, ein Karabinerhaken der Netzbefestigung bohrte sich in seinen Rücken! „Als ich nicht mehr hochkam, kamen dann sofort die Spieler, der Schiedsrichter, dann die Sanitäter, unser Mannschaftsarzt. Dann hat man versucht, mich von der Stange zu trennen, was aber nicht möglich war. Bis der Arzt dann zum Skalpell griff." Die schwere Verletzung beendete seine Karriere, Ditmar Jakobs ist Sportinvalide.

Man spricht deutsch!

[Hübsche Versuche, sich trotzdem verständlich zu machen]

„*Es gibt im Moment in diese Mannschaft, oh, einige Spieler vergessen ihnen Profi was sie sind. Ich lese nicht sehr viele Zeitungen, aber ich habe gehört viele Situationen! 1. Wir haben nicht offensiv gespielt. Es gibt keine deutsche Mannschaft spielt offensiv und die Namen offensiv wie Bayern. Letzte Spiel hatten wir in Platz drei Spitzen: Elber, Jancker und dann Zickler. Wir mussen nicht vergessen Zickler. Zickler ist eine Spitzen mehr, Mehmet mehr Basler. Ist klar diese Wörter, ist möglich verstehen, was ich hab gesagt? Danke. Offensiv, offensiv ist wie machen in Platz. 2. Ich habe erklärt mit diese zwei Spieler: Nach Dortmund brauchen vielleicht Halbzeit Pause. Ich habe auch andere Mannschaften gesehen in Europa nach diese Mittwoch. Ich habe gesehen auch zwei Tage die Training. Ein Trainer ist nicht ein Idiot! Ein Trainer sehen was passieren in Platz. In diese Spiel es waren zwei, drei oder vier Spieler, die waren schwach wie eine Flasche leer! Haben Sie gesehen Mittwoch, welche Mannschaft hat gespielt Mittwoch? Hat gespielt Mehmet, oder gespielt Basler, oder gespielt Trapattoni? Diese Spieler beklagen mehr als spielen! Wissen Sie, warum die Italien-Mannschaften kaufen nicht diese Spieler? Weil wir haben gesehen viele Male solche Spiel. Haben gesagt, sind nicht Spieler für die italienische Meisters. Strunz! Strunz ist zwei Jahre hier, hat gespielt zehn Spiele, ist immer verletzt. Was erlauben Struuunz? Letzte Jahre Meister geworden mit Hamann äh … Nerlinger. Diese Spieler waren Spieler und waren Meister geworden. Ist immer*

*verletzt! Hat gespielt 25 Spiele in diese Mannschaft, in diese Verein! Muss respektieren die andere Kollegen! Haben viele nette Kollegen, stellen sie die Kollegen in Frage! Haben keine Mut an Worten, aber ich weiß, was denken über diese Spieler! Mussen zeigen jetzt, ich will, Samstag, diese Spieler mussen zeigen mich eh, seine Fans, mussen alleine die Spiel gewinnen. Muss allein die Spiel gewinnen! Ich bin müde jetzt Vater diese Spieler, äh, verteidige immer diese Spieler! Ich habe immer die Schulde über diese Spieler. Einer ist Mario, einer, ein anderer ist Mehmet! Strunz dagegen, egal, hat nur gespielt 25 Prozent diese Spiel! …
ICH HABE FERTIG!*" Giovanni Trapattoni

„*Ich lerne nicht extra* **französisch** *für die Spieler, wo dieser Sprache nicht mächtig sind.*"

Mario Basler auf die Frage nach seinem Verhältnis zu Youri Djorkaeff

„*Ich habe nie die* **Verzweiflung verloren** *oder mich aufgegeben.*"

Thomas Brdaric

„*Vielen Dank* **am** *Publikum.*" Joachim Hopp

„*Wir sind nur die* **Underducks**." Rainer Calmund

„*Ich bin überzeugt, dass wir den* **Nichtabstieg vermeiden**."

Dirk Dufner, Sportchef von 1860 München

„*Bisher ziehen sich die* **Bayern** *toll aus der Atmosphäre.*"
Edgar Endress

„*Was dieses phantastische Spiel an* **Werbung** *für den Fußball gebracht hat, ist gar nicht wieder gutzumachen.*"
Eberhard Figgemeier

„*... wenn wir das Spiel noch mal* **Paroli** *laufen lassen.*"

„*Da hab ich* **gedacht**, *ich tu ihn ihm rein in ihm sein Tor.*"
Beide: Horst Hrubesch

„*Ich bin* **körperlich** *und* **physisch** *topfit.*" Thomas „Icke" Häßler

„*Wir müssen gewinnen, alles andere ist* **primär**."
Hans Krankl

„*Es war* **einfach** *nur das Eins-Null, mehr ist das nicht; es wird wieder alles irgendwo* **hochsterilisiert**." Bruno Labbadia

„*Die Neuen haben sich gut in die* **Mannschaft** *hineinintrigiert.*" Hans-Peter Lehnhoff

„*Wir haben uns nun* **Negativstress** *aufoktruiert.*“

Michael Meier

„*Was Sie hier sehen, ist möglicherweise die* **Antizipierung** *für das, was später kommt.*“ Wilfried Mohren

„*Ich habe meinen* **Gegenspieler** *nur leicht* **retuschiert** *und schon ist er gefallen!*“ Olaf Thon

61. Minute Noch einmal **Gerd Müller**. Aus gegebenem Anlass. In der Saison 1971/72 stellte der Mann, der sich Bomber nennen ließ, den ultimativen Bundesligarekord auf und erzielte 40 Tore. Dieser Wert dürfte nicht wieder übertroffen werden – momentan sieht es jedenfalls nicht so aus. Müller fabrizierte Rekorde im Wochentakt. Für einen Hattrick in Hamburg am 30. Oktober 1971 benötigte er nicht einmal 11 Minuten: In der 50., 53. und 61. Minute müllerte es im Gebälk von HSV-Torhüter Özcan. Zur Erinnerung: Drei Bundesliga-Clubs hatten in der Saison 71/72 weniger Tore erzielt als Gerd Müller allein. Dass Müller nach seiner aktiven Laufbahn sich nicht neben Beckenbauer, Hoeneß oder Breitner als Medienikone etablierte, lag wohl an seiner legendären Mundfaulheit und seinem großen Durst. Heute versteckt sich Gerd Müller als Assistenztrainer bei seinem alten Verein, dem FC Bayern München.

62. Minute In dieser Minute erzielte **Erwin Kostedde** am 2. September 1967 sein erstes Bundesligator für den MSV Duisburg gegen Borussia Neunkirchen. Der Beginn einer außergewöhnlichen Karriere. Er war einer der erfolgreichsten Torjäger der Bundesliga, wurde als erster Farbiger Nationalspieler, verdiente in 17 Jahren als Profi ein Vermögen. Doch nach der Kicker-Karriere ging nichts mehr. Ein windiger Berater brachte sein gesamtes Geld durch, der einstige Star-Stürmer versuchte sich vergeblich als Vertreter und Verkäufer. Schließlich wurde er als vermeintlicher Räuber verhaftet, saß monatelang in Untersuchungshaft. Trotz des späteren Freispruchs war sein Ruf ruiniert.

63. Minute Und gleich noch ein Skandal. Und zwar der bislang größte der Fußballbundesliga, wenn man die Folgen bedenkt: Der Offenbacher Präsident Horst-Gregorio Canellas belegte am Ende der Saison 1970/71 mittels einiger Tonbandabschnitte, dass diverse Spiele geschmiert worden waren. Zahlreiche Spieler waren involviert: Rüßmann, Fischer, Fichtel, Manglitz – insgesamt wurden über 50 Personen im Zuge des Skandals vor Sport- und Zivilgerichte gestellt. Von der Sache Wind bekommen hatte Canellas durch einen Anruf des Kölner Torhüters Manglitz, der 25 000 Mark forderte, damit er sich beim Spiel in Essen auch wirklich anstrengen würde. Canellas ging zum Schein darauf ein und fingierte danach noch einige Anrufe bei Schieber-Profis, um nach dem Abstieg seiner Kickers Beweise für die diversen Machenschaften in der Hand zu haben. Ausgelöst wurde der Skandal durch das Spiel Schalke 04 gegen Bielefeld, das die Bielefelder am 11. April sehr überraschend durch ein Tor von Roggensack gewannen. Die Offenbacher mühten sich an diesem Tag zur gleichen Zeit zu einem 1:1 gegen Bayern München, gegen ungeschmierte Bayern gelang zwar das 1:0 durch **Walter Bechtold** in der 63. Minute, aber Gerd Müller kannte auch an diesem Tag keine Verwandten und erzielte den Ausgleich. Hätte Offenbach gewonnen und Bielefeld verloren an diesem Tag, raten Sie, wer abgestiegen wäre?

64. Minute April 1997, verspätetes Winterwetter in Cottbus. Die Ede-Geyer-Truppe, damals noch ein kleiner Regionalliga-Club, empfängt an diesem Abend den Karlsruher SC im DFB-Pokal. Und wird, Sie ahnen es bereits, einen historischen Sieg feiern dürfen, ein sattes 3:0. Doch das Ergebnis in allen Ehren – ein anderer Aspekt des Spiels schreibt wirklich Fußballgeschichte. Der Cottbusser Stürmer **Willi Kronhardt** hat sich für seinen Arbeitstag präpariert. Und als es dann so kommt, dass er tatsächlich in der 64. Minute die Führung für Cottbus erzielt, lupft Willi vor dem Publikum in Cottbus und den Kameras der TV-Anstalten das Trikot. Sichtbar wird in großen Lettern das Wort „Jule". Gemeint ist Juliane Stumm, zu der Zeit Willis Freundin, die der ‚Berliner Zeitung' anschließend gesteht: „Mein Gott war mir das peinlich. Ich saß auf der Tribüne und wäre am liebsten vom Erdboden verschluckt worden. Ich finde das Blödsinn, einer Frau auf diese Weise zu sagen, wie gern man sie hat." Das sahen eine Menge Spieler in der Folgezeit anders, denn Willi Kronhardts Pioniertat fand so viele Nachahmer, dass die FIFA sich genötigt sah, einzuschreiten. Der Fußballverband untersagte den Profis ihre T-Shirt-Botschaften ab der Saison 2002/03. Spaßbremsen halt, diese Funktionäre.

65. Minute Doppeltorschütze in seinem ersten Bundesligaspiel, in der 65. und in der 77. Minute, am ersten Spieltag zudem, bei einem 2:0-Sieg gegen den Karlsruher SC – das klingt nach einem Gewinner! Aber fragen Sie **Wulf-Ingo Usbeck** besser nicht, ob er sich in der Bundesligasaison 1965/66 wirklich so gefühlt hat. Der Mann war nämlich Stürmer bei Tasmania 1900 Berlin, und nach dem ersten Spieltag gewannen die durch den DFB quasi zwangsaufgestiegenen Amateure nur noch ein einziges Spiel, am vorletzten Spieltag gegen Borussia Neunkirchen. Tasmania war mit 8:60 Punkten und 15:108 Toren die schlechteste Mannschaft, die sich in inzwischen 43 Jahren Bundesliga durch die Saison schleppte. Man kann es aber auch so sehen, wie der Alt-Internationale Horst Szymaniak, der von Tasmania aus Italien verpflichtet wurde: „Wir haben die ganze Liga vor uns hergepeitscht!“

66. Minute Der letzte Einsatz von **Thomas Renner** im deutschen Berufsfußball. Am 14.11.1992 spielt der Mittelfeldakteur von Unterhaching ab der 66. Minute gegen die Wolfsburger, kassiert eine 4:1-Niederlage, aber keine Punkte und auch keine Prämie. Danach hört die Öffentlichkeit lange Zeit nichts mehr von Thomas Renner. Einige Zeit später stand er plötzlich doch wieder in der Zeitung. Allerdings weiter vorne, im Polizeibericht. In der Zwischenzeit für die Spvgg. Bayreuth im Amateurbereich am Ball, schien Renner Geldprobleme zu haben, denn er ließ sich dabei erwischen, wie er eine Bank überfiel. Nun. In Bayreuth spotteten sie im Spiel 1 nach Renners Festnahme: Punkte her oder es knallt.

67. Minute Über eine Stunde war das deutsche Team den Brasilianern im WM-Endspiel von Yokohama 2002 ebenbürtig, ja, es spielte sogar leichte Vorteile heraus. Da lässt der bis dahin bei dieser WM galaktisch gut agierende Torhüter **Oliver Kahn** einen leichten Freistoß von Rivaldo fallen und **Ronaldo** staubt zur Führung der Brasilianer ab. Ohne Kahn hätten die Deutschen das Endspiel nie und nimmer erreicht. In den kollektiven Erinnerungen der Fußballfans aber wird es immer dieser Fehler aus der 67. Minute sein, der überdauert.

68. Minute Der 11. Juni 1983 war wohl einer der größten Tage im Leben des Selfmade-Unternehmers und Fußballmanagers Jean „Schäng" Löring. Sein „Vereinche", wie Löring das immer so bossy wie verniedlichend ausdrückte, stand als Zweitligist im DFB-Pokalfinale. Und das auch noch gegen den Ortsrivalen vom FC Köln. Ganz Fußballdeutschland drückte Fortuna Köln an diesem Tag die Daumen, im Stadtduell gegen den ungleich größeren FC. Doch Säbelbein **Pierre Littbarski** hatte kein Erbarmen mit Lörings Truppe und besiegelte mit seinem Tor in der 68. Minute die Niederlage der Südstädter. In den letzten Jahren ging es dann für den Kölner Kultclub Fortuna nur noch bergab: Löring ging pleite und starb 70-jährig in Köln, Fortuna Köln verschwand in den Niederungen des Hobbyfußballs. Nur das schmucke Südstadion steht noch.

69. Minute Wo war eigentlich **Günter Netzer**, als Deutschland 1974 Weltmeister wurde? Gute Frage. Auf der Tribüne im Münchner Olympiastadion vermutlich. Der blonde Dirigent der EM-Truppe hatte immer dann schlechte Karten bei Bundestrainer Helmut Schön, wenn auch Wolfgang Overath bereitstand – und bei der WM 1974 in Deutschland war Overath topfit. Netzer nicht und so kam der elegante Traumpass-Experte nur auf einen einzigen Einsatz bei dieser WM. In der 69. Minute wurde er in Hamburg gegen die DDR eingewechselt und sah mit an, wie Jürgen Sparwasser den Westdeutschen in der 80. Minute das 1:0 einschenkte. Immerhin war Netzer bei dieser historischen Niederlage dabei.

70. Minute Die letzte Minute in der internationalen Karriere der britischen Fußballlegende **Bobby Charlton**. Dumm nur, dass Charlton das zu diesem Zeitpunkt gar nicht wusste. Als er 1970 im WM-Viertelfinale gegen Deutschland nach 70 Minuten ausgewechselt wurde, stand seine Truppe nämlich vorne. Englands Coach wollte seinen bis dahin überlegenen Mittelfeldregisseur fürs Halbfinale schonen. Schöne Idee. Blöd nur, dass Charlton dann vom Spielfeldrand aus zusehen musste, wie die Herren Beckenbauer, Seeler und Gerd Müller seine Mannschaft aus dem Turnier schossen.

Die sieben Siegel

[Wege zur Perfektion]

Das dritte Siegel: Wie man die Faszination des Spiels erlebt

„Und wie gefällt's dir so?"

„Ach ja, schon."

„Schon was?"

„Interessant. Diese ganzen Leute. Was die für einen Lärm machen. Das ist schon … äh … sehr laut."

„Ja ja, das macht das neue Stadion. Da ist endlich mal Leben in der Bude."

„War das frühere Stadion denn baufällig und alt?"

„Nein, nicht direkt, es war nur nicht mehr zeitgemäß. Hatte eine Laufbahn drumherum und viel zu viel Stehplätze."

„Eine Laufbahn?"

„Ja, für Leichtathletik und so etwas. Das will ja heute keiner mehr sehen. Rechnet sich einfach nicht. Und für den Fußballfan ist es natürlich besser, wenn er hautnah am Geschehen ist, verstehst du?"

„Ja, sicher. Sag mal, ist dieses Büffet schon offen, von dem du erzählt hast?"

„Warte mal, jetzt ist es zehn vor vier. Das Spiel läuft zwanzig Minuten – ich glaube, die öffnen um vier."

„Ich hätte schon ein wenig Appetit."

„Wir können ja kurz vor der Halbzeit rein, dann ist noch nicht so viel los."

„Meinst du, die haben Meeresfrüchte?"

„Ich denke schon, das ist ja keine Provinzveranstaltung hier."

In diesem Moment schreit die Menge im Stadion auf, eine Torchance, knapp vorbei.

„Uih! Da versteht man ja sein eigenes Wort nicht."

„Ja, ein tolles Spektakel!"

„Wer sind denn die Bayern?"

„Die Bayern spielen heute nicht, Schatz, heute spielt 1860 München, das sind die Löwen. Die in den blauen Hemden."

„Ach, wir gehen zu den ‚Löwen'?"

„Na ja, wir wollten doch erst einmal sehen, wie das neue Stadion so ist. Und der Dr. Faltermeier hat halt gute Kontakte zur Brauwenz AG, die haben diese Loge im Stadion für ihre Kunden. Die ist aber bei den Bayern momentan immer belegt. Da hab ich uns auf der Warteliste eingetragen. Vielleicht klappt es ja mal im Winter."

„Die Frau Frenzel war schon bei den Bayern!"

„Ja, aber doch nicht in der Loge!"

„Nicht?"

„Nein. Die Frau Frenzel war mit ihrem Freund, diesem Zahnklempner, und die saßen im Block, irgendwo unterm Dach. Die haben ihre Karten *gekauft*!"

„Ach. Tatsächlich? Die haben für Fußball bezahlt?"

„Ja, verrückt, was?"

„Ist das kein guter Platz da unter dem Dach?"

„Was heißt, nicht gut. Es ist halt draußen, in der Kälte. Nicht beheizt. Und man kann sich die Spielszenen auch nicht auf dem Fernseher ansehen wie hier."

Er zeigt auf einen Plasma-Flachbildschirm, der in die Wand eingelassen ist.

„Gegen wen spielen die Löwen denn?"

„Warte, ich schau mal nach ..."

Er nimmt ein kleines Heft vom Mahagonitisch und schlägt es auf.

„Das müsste der SC Freiburg sein. Nein, halt: Es ist Paderborn. Hier steht es. Freiburg ist erst in zwei Wochen dran, heute ist Paderborn."

„In Paderborn hatte ich mal einen Unfall auf der Autobahn."

„Mit dem BMW?"

„Nein, das war noch mit dem Golf Cabrio, dem roten. Ich glaube, den hast du nie gesehen."

„Nein, an den erinnere ich mich nicht …"

Wieder schreit die Menge im Stadion auf, lang anhaltend. Es ist ein Tor gefallen.

„Tor!"

„Für wen?"

„Für die Löwen natürlich."

„Oh, toll. Wie steht's denn?

„1:0, glaube ich. Sonst ist doch noch kein Tor gefallen, oder?"

„Nicht, dass ich wüsste. Aber auf der Anzeigentafel steht 1:1."

Sie zeigt mit dem Finger auf einen High-Tech-Würfel, der am Dach des Stadions hängt.

„Oh, du hast Recht. Da muss Paderborn auch schon mal getroffen haben."

„Du, ist es jetzt eigentlich schon vier?"

„Ja, sogar schon fünf nach."

„Sollen wir dann mal zu dem Büffet …"

„Gute Idee. Vielleicht sind die Erlers auch schon da, die sind heute in der Käfer-Loge."

„Ach ja? Das wäre nett. Du, von mir aus können wir gerne häufiger zum Fußball gehen."

„Ich hab's dir ja gesagt, dass dir das Spiel gefallen wird, in dem neuen Stadion."

„Aber dann gehen wir auch einmal zu den Bayern, oder?"

„Auf jeden Fall. Da ist der Fußball dann auch etwas besser, das muss man schon sagen."

„Ja, das spielt schließlich auch eine Rolle. Diese Löwen, ich weiß nicht. Die haben auch ein ganz anderes Publikum."

„Ja, genau. Aber jetzt komm. Wollen doch mal sehen, ob die hier wirklich Meeresfrüchte anbieten."

71. Minute Man kann davon ausgehen, dass der deutsche Schiedsrichter **Dr. Markus Merk** in seiner langen Karriere schon einiges gesehen hat auf Europas Plätzen. So ein armseliges Spektakel aber wie am 12. April 2004 wohl noch nicht. In der 71. Minute des Stadtderbys zwischen AC Mailand und Inter Mailand in der Champions League verweigerte er dem vermeintlichen Ausgleich von Inters Cambiasso die Anerkennung. Angeblich Foulspiel, hieß es. Die italienischen Fans – für ihr Feingefühl und die guten Manieren bekannt – begannen daraufhin, den Platz mit Feuerwerkskörpern zu beschießen und ließen sich auch nach einer kurzen Spielunterbrechung nicht von diesem gefährlichen Unfug abbringen. Merk brach das Spiel ab, Inter wurde aus dem Wettbewerb eliminiert und durfte bei den nachfolgenden internationalen Spielen nur vor leeren Rängen spielen.

72. Minute Manchmal tut man selbst Lothar Matthäus Unrecht. Das verlorene DFB-Pokalspiel in seinem letzten Spiel für Borussia Mönchengladbach hat nicht er allein versiebt. Natürlich sah es blöd aus, dass der Gladbacher am 31. Mai 1984 ausgerechnet gegen seinen zukünftigen Verein, den FC Bayern München, einen Elfmeter verschoss. Möglicher Grund: Nach einem anstrengenden Spiel und einer Verlängerung kann man schon mal etwas müde und unkonzentriert sein. Der Gladbacher **Norbert Ringels** hatte hingegen keine so gute Entschuldigung für seine Fahrkarte beim Elfmeterschießen. Er war erst in der 72. Minute eingewechselt worden. Das Spiel zwischen Bayern München und Borussia Mönchengladbach ging auch noch aus einem anderen Grund in die Annalen ein: Es war das letzte Mal, dass ein DFB-Pokalendspiel nicht in Berlin ausgetragen wurde. Sondern, an diesem Tag: in Frankfurt. Gut so, dass das vorbei ist. Wie hört sich das auch an: Wir fahrn, wir fahrn, wir fahren nach Frank-furt … (ersatzweise Gel-sen-kir-chen).

73. Minute Es gab eine Menge Gründe, warum **Norbert Dickel** am 24. Juni 1989 nicht Fußball spielen sollte. Zum einen war seine Knieoperation kaum ausgeheilt, zum andern wollte Borussia Dortmunds Trainer Horst Köppel im DFB-Pokalendspiel gegen den damals übermächtigen Gegner Werder Bremen mit Frank Mill nur eine Spitze spielen lassen. Doch der Mannschaftsrat, vor allem Mittelfeldmann Zorc, redeten Dickel ins Team. Das Ergebnis: „Nobby" erzielte in der 21. und in der 73. Minute zwei Tore, avancierte zum Matchwinner. Seitdem feiern die BVB-Fans Dickel unverdrossen als Pokalheld von Berlin. Heute ist er im Management des BVB tätig und jeden zweiten Samstag als Stadionsprecher in Dortmund aktiv. Seine Laufbahn musste Dickel bald nach dem Pokalendspiel – und nicht zuletzt, weil er zu früh wieder angefangen hatte – beenden. Bereut hat er das aber nie.

74. Minute **Arie van Lent** war es vergönnt, am historischen Bökelberg das letzte Tor für die Borussia aus Mönchengladbach zu erzielen, das 3:1 gegen die Münchner Löwen. Der Bökelberg ist inzwischen Geschichte, mit dem Bundesligaspiel gegen 1860 München am 22. Mai 2004 verließen die Gladbacher den Ort, wo in den siebziger Jahren deutsche Meisterschaften ausgetragen wurden und Spieler wie Simonsen, Jensen, Netzer, Heynckes oder Vogts Fußballgeschichte schrieben. Nun spielt die Mannschaft im mehr als 60 000 Zuschauer fassenden Nordpark. Arie van Lent also. Es hätte schlimmer kommen können. Aber so oder so wurde nach dem Spiel viel geweint.

75. Minute Der Mann wird eingewechselt, der Mann läuft los, der Mann schießt ein (wichtiges) Tor, 12 Sekunden nach seiner Einwechslung. Nicht nur Lars Ricken gelang das im Champions-League-Finale gegen Juventus Turin 1997. Auch dem damals noch für Mönchengladbach kickenden **Uwe Rahn** glückte das im Spiel gegen Schweden am 17. Oktober 1984. Und da es sich um das 1:0 im vorentscheidenden Qualifikationsspiel für die WM 1986 in Mexiko handelte, bleibt auch dieses Tor eines „Rahn" für immer im kollektiven Gedächtnis der Nation.

76. Minute **Roger Milla**, so geht das Gerücht, wurde 1990 vom Staatspräsidenten Kameruns höchstpersönlich ins WM-Aufgebot delegiert, obwohl der da schon 38-jährige Fußballer längst andere Pläne hatte. „Ein halbes Jahr zuvor hatte ich mit dem Profifußball abgeschlossen und mich auf die Insel La Réunion im Indischen Ozean zurückgezogen. Dort wollte ich in aller Ruhe meinen Trainerschein machen. Doch dann klingelte das Telefon", berichtete er dem ‚Stern' Jahre später. Der Rest ist Fußballgeschichte: Gegen Rumänien und Kolumbien schoss Milla als Einwechselspieler jeweils zwei Tore und tanzte danach um die Eckfahnen herum. Gegen Rumänien begann dieses Märchen in der 76. Minute, gegen Kolumbien war der Meister der späten Tore erst in der Verlängerung erfolgreich. Wie sagte Otto der I. von Rehhagels Gnaden immer so hübsch: „Gibt keine alten Spieler, gibt nur gute oder schlechte." Milla war ein guter!

77. Minute Erinnern Sie sich noch an die Hertha Bubis? So wurde 1993 die Amateurmannschaft von Hertha BSC genannt, die im DFB-Pokal eine sensationelle Siegesserie hinlegte – unter anderem gegen die Bundesligisten Nürnberg und Hannover gewann – und ins Pokalfinale einzog. Da waren die eigenen Profis schon längst ausgeschieden und mussten sich von Presse, Funk und Fernsehen verlachen lassen. Am 12. Juni 1993 traf die junge Berliner Truppe auf die ausgekochten Profis von Bayer Leverkusen und machte denen das Leben schwer. Erst **Ulf Kirsten** sorgte in der 77. Minute dafür, dass der Pokal ins Rheinland geschafft werden konnte. Aus der damaligen Amateurmannschaft von Hertha BSC haben es dann später einige Spieler in die Bundesliga geschafft, die Brüder Andreas und Oliver Schmidt oder Torhüter Fiedler zum Beispiel. Und Carsten Ramelow, inzwischen selbst bei Bayer Leverkusen unter Vertrag, wurde sogar Nationalspieler.

78. Minute **Rabah Madjer** wird sicherlich nie einen Ehrenplatz in der Allianz-Arena in Sichtweite von Beckenbauer oder Hoeneß bekommen. Der Mann ist der Inbegriff der Wien-Pleite, als die Bayern am 27. Mai 1987 gegen den FC Porto das Endspiel im

Europapokal der Landesmeister vergeigten. Madjer schoss in der 78. Minute ein Tor mit der Hacke und machte sich damit in Fußball-Europa unsterblich, auch das 2:1 für die Portugiesen bereitete er vor. Ein Jahr später machte sich Madjer dann noch einmal über die Bayern lustig. Er unterzeichnete einen Vertrag beim deutschen Rekordmeister, ließ sich schon in Lederhose durchs Bajuwarenland chauffieren – und sagte zwei Monate vor Vertragsbeginn, nö, ich komme doch nicht.

79. Minute 29. April 2000. Schalke 04 gegen 1860 München. Die Bundesliga wird ärmer an diesem Tag. In der 79. Minute nämlich wird **Thorsten Legat** eingewechselt und der Modellathlet aus dem Ruhrpott hat noch genau 11 Minuten Zeit, Abschied zu nehmen – es ist der letzte Einsatz für ihn als Profifußballer, auch wenn er das in dieser Minute noch nicht weiß. Seitdem wird Legat schmerzlich vermisst. Nicht unbedingt aus fußballerischen Gründen, denn Legats Spiel, nun ja, sagen wir: war eher etwas kraftbetont. Aber seine Sprüche, seine Geistesblitze abseits der Spielfelder: Unerreicht. Er kloppte sich, er pöbelte und er laberte sich um Kopf und Kragen. „Immer Castroper Straße rauf", antwortete Legat im ‚Aktuellen Sportstudio', wie er denn zum Bodybuilding gekommen sei. Von seinem Verein hoffte er, dass man ihm „keine Steine in den Vertrag legt". Und auf die Frage, ob er Spätzle möge, er sei ja schließlich nach Stuttgart gewechselt, antwortete Legat munter: „Habe ich noch nicht gegessen, aber im Allgemeinen mag ich Geflügel." Ein großer Mann, dieser Thorsten Legat. Schade, dass er keinen Job als Sat1-Co-Kommentator bekommen hat.

80. Minute **Thorsten Fink** wird eingewechselt. Später wird man lesen können, dass Ottmar Hitzfeld – der zwei Jahre zuvor beim Champions-League-Endspiel seiner Dortmunder Borussia mit Lars Ricken den Sieg einwechselte – damit den größten Fehler in seiner sportlichen Karriere gemacht haben soll. Also, noch einmal: Thorsten Fink wird eingewechselt. Champions-League-Endspiel 1999 in Barcelona, Bayern führt durch ein Tor von Basler mit 1:0 gegen Manchester United. Lothar Matthäus, der bis dahin ein ordentliches Spiel gemacht hat, winkt sich raus. Weil der Muskel zugemacht hat, behauptet er später. Thorsten Fink kommt ins Spiel und versemmelt in der Nachspielzeit des Finales einen Befreiungsschlag, verursacht das 1:1, versetzt seine Kumpane in eine Art Schockstarre, Bayern kassiert das 1:2, immer noch in der Nachspielzeit. Alles nur wegen einer Einwechslung? Die Kenner sagen: Yep!

Basic Instincts

[Echte Männer mit einem Auftrag]

„*Wenn Fußballer durch den Verzicht auf* **Sex** *bessere Leistungen bringen würden, hätte die Betriebsmannschaft des* **Vatikans** *längst den Europapokal gewonnen.*"

Thomas Koschwitz

„*Wir haben genügend* **Potenz** *für die Bundesliga.*"

Steffen Baumgart

„*Alle sagen, ich hätte mit sieben* **Miss Worlds** *geschlafen. Dabei waren es nur drei.*"

George Best

„**Ich komme** *gut an bei die Frauen.*"

Andreas Brehme

„*Fußballprofis müssen umsichtig mit ihrem* **Ejakulat** *umgehen.*"

Santiago Canizares

„*Ich möchte gern einen* **Sohn**, *aber dazu muss ich erst noch ein Tor bei meiner Frau machen. Das ist nicht so einfach wie in der* **Bundesliga**.“ Thomas Christiansen

„*Da geht er, ein großer Spieler. Ein Mann wie* **Steffi Graf**.“

Jörg Dahlmanns über Lothar Matthäus

„**Julio Cesar** *hat sich heute Nacht fortgepflanzt. Victoria heißt die Kleine.*“

Jörg Dahlmanns, schon wieder, nach einer Disconacht mit Cesar?

„*Möller und Chappi* **befruchten** *sich gegenseitig.*“

Jörg Dahlmann, zum Letzten

„*Ich weiß auch nicht, wo bei uns der* **Wurm** *hängt.*“

Fabrizio Hayer

„*Man muss ihn* **hautnah** *nehmen, sonst wird's schwierig.*“

Karl-Heinz Feldkamp

„*Es war ein wunderschöner* **Augenblick**, *als der Bundestrainer sagte: ‚Komm* **Steffen**, *zieh deine Sachen aus, jetzt geht's los.*‘“ Steffen Freund

„*Die* **Holländer** *sind vorne vom Feinsten bestückt.*“
Oliver Kahn, neidisch, über seine Erkenntnisse aus 20 Jahren Profifußball

„*Einige meiner Spieler haben eine Berufsauffassung wie die* **Nutten** *auf St. Pauli.*“ Ede Geyer, einschlägig informiert

„*Wenn wir meinen, die Spieler haben es* **nötig**, *dann lassen wir ihre Frauen und Freundinnen hierher holen, um die Jungs wieder* **hochzukriegen.**“ Glenn Hoddle

„**Tackling** *ist schöner als Sex.*“ Paul Ince

„*Wenn ich in der Nacht vor dem Spiel* **Sex** *hatte, verliere ich jedes* **Gefühl** *in meinen Füßen.*“ Fredrik Ljungberg

„*Gute Stürmer können nur* **Tore** *schießen, wenn sie am Abend vor dem Spiel guten Sex hatten. Dafür war ich das beste* **Beispiel.**“ Romario über das Geheimnis seiner Treffsicherheit

„*Gerade in einem Spiel, in dem die* **Nerven** *blank liegen, muss man sein wahres Gesicht zeigen und die* **Hosen** *runterlassen.*“ Alexander Strehmel

„Ganz gut. Ich hab mich die ganze **Nacht** *um seine Frau gekümmert!“* Mario Basler auf die Frage, wie es Dietmar Hamann nach seinem Schlaganfall geht

„Uli Hoeneß und **Lothar Matthäus** *haben wieder normalen Verkehr miteinander gehabt.“* Karl-Heinz Rummenigge

„Ja, ist ja auch **geil***, in der Ersten Liga die Bälle zu halten, und ich muss das mal sagen – da* **geht** *mir einer* **ab***!“*

Klaus Thomforde

„Immer, wenn ich **breit** *bin, werde ich* **spitz***.“* Wolfram Wuttke

81. Minute Held oder Betrüger? Am 29. April 1998 wehrt der Schalker Spieler **Oliver Held** beim Spiel gegen den FC Köln in der 81. Minute einen Ball ab, indem er ihn – für alle Zuschauer im Stadion deutlich zu sehen – mit der Hand über das Tor lenkt. Nur Schiedsrichter Kemmling und seine Linienrichter sehen gar nichts. Doch Kemmling besinnt sich auf Grund der hektischen Proteste und befragt Oliver Held schließlich selbst. Der schwört, es sei der Kopf gewesen. Eckball statt Elfmeter, Köln steigt ab. Der Kölner Stürmer Toni Polster verflucht Held in einem Interview: „Ich hoffe, dass er im Leben nie wieder Glück hat!“

82. Minute Nominell hatte Deutschland bei der WM 1970 wohl das erfolgreichste Mittelstürmerduo auf dem Platz, das je für Deutschland aufgelaufen ist: **Uwe Seeler** und Gerd Müller. Müller wurde Torschützenkönig, doch auch Seeler drückte dem Turnier seinen Stempel auf. Besser gesagt: seinen Hinterkopf. Der Mann, der in der mörderischen Hitze in Mexiko mit einem Schweißtuch auflief und dabei so aussah, als sei er auf einer Büßerfahrt nach Lourdes, erzielte in der 82. Minute im Spiel gegen England mit dem Hinterkopf den nicht mehr für möglich gehaltenen Ausgleich gegen England. Deutschland erreichte die Verlängerung und gewann 3:2.

83. Minute Mit den „brasilianischen“ Freistößen hat er es einfach nicht. Wie schon im WM-Endspiel ließ sich **Oliver Kahn** auch im Champions-League-Achtelfinale 2004 von einem luschigen Freistoß düpieren. Hatte er Rivaldos Schüsschen im WM-Endspiel noch abklatschen können, rutschte ihm im Champions-League-Achtelfinale der Ball von Roberto Carlos am 24. Februar 2004 durch die Hosenträger. Und wieder war's nichts mit dem Titelgewinn, auf den die Bayern seit Jahren so scharf sind. Real Madrid kam eine Runde weiter, denn die Bayern schafften durch den Kahn-Lapsus zu Hause nur ein 1:1, verloren in Madrid mit 0:1 – das war's. Allerdings verabschiedeten sich die Galaktischen aus Spanien mit Zidane, Beckham & Co in der Runde danach auch schon wieder. Der AS Monaco mit dem ausgeliehenen Real-Stürmer Morientes war so frei.

84. Minute „Bozsik, immer wieder Bozsik der rechte Läufer der Ungarn hat den Ball – verloren, diesmal an Schäfer. Schäfer nach innen geflankt. Kopfball – abgewehrt. Aus dem Hintergrund müsste Rahn schießen. Rahn schießt ... Toooor! Toooor! Toooor! Toooor!" Und Deutschland ist wieder wer. Neun Jahre nach Kriegsende besiegelt **Helmut Rahn**, der Boss, „Das Wunder von Bern", Deutschland wird gegen die favorisierten Ungarn zum ersten Mal Fußballweltmeister. Der Essener Rahn wollte später nicht mehr über „dat Tor" sprechen. Sein lebenslang bestes Zitat: „Leute, kauft prima Oma-Lutschbirnen."

85. Minute Lothar Matthäus drückte im falschen Moment der Schuh. Das war jedenfalls die offizielle Entschuldigung des gebürtigen Herzogenaurachers (adidas, puma ...) dafür, dass er sich im WM-Finale von 1990 in Rom fünf Minuten vor Schluss verdrückte und den fälligen Elfmeter gegen Argentinien *nicht* schoss. Sein Kollege **Andreas Brehme** ließ sich nicht bitten und schob zum 1:0-Endstand ein. Kein Wunder bei ihm, wie er bei anderer Gelegenheit verriet: „Von der Einstellung her stimmte die Einstellung!"

86. Minute Dämlicher, mit Verlaub, kann man ein Tor nicht kassieren. Im Bundesliga-Heimspiel von Energie Cottbus gegen Borussia Mönchengladbach am 6. April 2002 wird eine Bogenlampe vors Cottbusser Tor geschaufelt, ungefährlich, hoch und langsam. Torhüter **Tomislav Piplica** schaut sich das in Ruhe an, geht leicht in Rückenlage und schaut dem Ball nicht mal mehr hinterher, als er sich langsam senkt. Der Ball fällt runter wie ein Stein, und zwar nicht hinters Tor, wie Piplica wohl dachte, sondern auf seinen Hinterkopf und von dort ins Tor. Wenn er's absichtlich gemacht hat, ist Tomislav Piplica ein Schuft, aber auch ein Künstler. Vermutlich aber war dieses blöde Eigentor nur eine überhebliche Tölpelhaftigkeit des Kroaten. Von Beziehungen zur Wettmafia ist jedenfalls nichts bekannt geworden. Das Spiel endete 3:3, Piplica sorgte nicht nur für den Endstand, sondern auch dafür, dass Cottbus weiterhin tief im Abstiegsstrudel steckte.

87. Minute Kann sich noch irgendwer an **Thomas Ritter** erinnern? Der Mann spielte für die Stuttgarter Kickers, den FC Kaiserslautern und den Karlsruher SC zwischen 1991 und 1997 immerhin 175 Mal in der Bundesliga. Die wenigsten wissen, dass Ritter auch Nationalspieler war – genau drei Minuten lang trug er das Trikot des dreimaligen Weltmeisters. Beim 5:0-Sieg der Deutschen im Freundschaftsspiel gegen Uruguay wurde er am 13. Oktober 1993 in der 87. Minute eingewechselt. Danach hörte er die Hymne nie wieder in einem Fußballtrikot. Nur Bernd Martin vom VfB Stuttgart spielte noch kürzer für Deutschland.

88. Minute 3. April 1973. Bundesliga, Gladbach gegen Werder Bremen. Spielstand kurz vor Schluss: 1:1. Es folgt der legendäre Pfostenbruch am Bökelberg. So kam's: Bremens Keeper Günter Bernard fischt die Kugel locker runter. Der heranstürzende **Herbert Laumen** segelt mit voller Wucht ins Netz und entgeht Sekundenbruchteile später nur knapp dem „Tod durch Erschlagen". „Ich hörte es nur noch krachen. Das Tor war einfach über mir zusammengebrochen und lag fast auf mir drauf."
Nach minutenlangen Versuchen, das Tor wieder aufzustellen, brach Schiedsrichter Gert Meuser die Partie ab. „Eigentlich wollten wir das Tor gar nicht wieder aufbauen, weil wir unbedingt gewinnen wollten und auf ein Wiederholungsspiel hofften", so Günter Netzer. Dumm gelaufen: Das DFB-Sportgericht wertete die Begegnung später mit 2:0 für Werder.

89. Minute Dem Bremer **Michael Kutzop** gebührt wohl die zweifelhafte Ehre, den berühmtesten Elfmeter der Bundesligageschichte verschossen zu haben. Kurz vor Schluss der Partie Werder Bremen gegen Bayern München am 33. Spieltag der Saison

1985/86 setzte er den Elfer gegen den rechten Pfosten – wäre er drin gewesen, dann wäre Werder Bremen nach diesem Spiel vorzeitig Deutscher Meister gewesen. Am letzten Spieltag sicherte sich dann Bayern München den Titel. Ironie der Fußballgeschichte: Dieser Elfmeter sollte der einzig verschossene Strafstoß in seiner Bundesligazeit bleiben – und Kutzop trat häufig an. Ein Trauma ist das für den Ex-Kicker, der jetzt zusammen mit Rudi Völler eine Fußballschule auf Mallorca leitet, nicht geworden. „Wenn ich verwandelt hätte, wäre ich zwar zwei Mal Meister geworden. Aber heute würde mich doch keine Sau mehr kennen."

90. Minute **Karl-Heinz Schnellinger** heißt der Mann, der das vermeintliche „Spiel des Jahrhunderts" bei der WM 1970 in Mexiko überhaupt erst ermöglichte. Sein Tor in der 90. Minute brachte die Deutschen doch noch in die Verlängerung eines Spiels, in dem die Italiener nach höchst dramatischem Hin und Her schließlich mit 4:3 die Oberhand behielten. Es war das Spiel, in dem Gerd Müller eines seiner kurioseren Tore erzielte und Franz Beckenbauer mit einer weißen Schärpe über das Spielfeld schwebte, weil er sich vorher das Schlüsselbein gebrochen hatte. Die Ironie der Geschichte: Der gebürtige Dürener Schnellinger verdiente zu dieser Zeit in Italien seine Lire, beim AC Mailand. Und so kommentierte TV-Reporter-Legende Ernst Huberty auch mit der für ihn typischen Bierruhe: „Ausgerechnet Schnellinger."

Globale Visionäre

[6 Vorschläge für eine schöne, neue Welt]

„*Fußball beherrscht den Teil im* **Hirn** *des Mannes, der sich weigert,* **erwachsen** *zu werden.*“ Peter Ustinov

„*Du kannst auf meiner* **Plantage** *arbeiten.*“
Anthony Baffoe zu einem weißen Gegenspieler

„*Mann, wir* **Schwarzen** *müssen doch zusammenhalten!*“
Anthony Baffoe nach einer gelben Karte zum Schiedsrichter

„*Ich bereite unsere Spieler darauf vor, als* **Kamikaze** *gegen die Deutschen anzutreten, denn nur richtige Männer können die* **Deutschen** *besiegen.*“
Miroslav Blažević, kroatischer Nationaltrainer

„*Der würde auch politisch gut mit* **Berti Vogts** *harmonisieren. Die sind beide so schwarz, dass sie im abgedunkelten Raum noch* **Schatten** *werfen.*“

Christoph Daum über Gerhard Mayer-Vorfelder

„*Fragen Sie mal meine* **20 Mexikaner***, mit denen ich arbeite, was sie von meiner sozialen Einstellung halten. Ich habe keinen im* **Regen** *stehen lassen, wenn ich zum Essen gegangen bin. Die essen immer mit. Das habe ich als Reiter gelernt: Zuerst wird das* **Pferd** *versorgt.*“ Hermann Neuberger

Barfußkicker, Brechmittel & ein Discobesitzer in Mönchengladbach

[44 kommentierte Fakten zum Spiel]

12. Jahrhundert, Freundschaftsspiel in Großbritannien
Das wohl längste Fußballspiel der Welt findet seit dem 12. Jahrhundert alljährlich im britischen Ashbourne, Derbyshire, statt. Das Shrovetide Fußballspiel (Royal Shrovetide Football) dauert acht Stunden, und die Unterstädter versuchen den Ball auf einem Spielfeld von 3 Meilen Länge ins Tor der Oberstädter zu befördern. Die Tore übrigens sind zwei Wasserräder. Das Spiel gilt als Ursprung des Derby und es folgt wirklich kuriosen Gesetzen. Erlaubt ist so ziemlich alles, außer Mitspieler der gegnerischen Mannschaft umzubringen. Weiterhin verboten: Auf Friedhöfen zu spielen, fremde Gärten und Häuser zu durchqueren (!) und den Ball in einem motorisierten Vehikel zu transportieren.

1892, Freundschaftsspiel in Berlin
Der Beginn des Übels? Ostern 1892 geschah etwas Unerhörtes. Erstmals gingen bei einem öffentlichen Fußballspiel Ordner um den Platz und kassierten von den Zuschauern Eintrittsgelder. Es kickte eine Berliner Auswahl gegen den Dresdner Fußballclub. Wie viel verlangt wurde ist nicht überliefert, aber Christian Eichler schreibt in seinem Buch ‚Lexikon der Fußballmythen', dass auch die Spieler zur Kasse gebeten wurden, um den Pokal zu bezahlen. 20 Mark der Gewinner, 40 Mark der Verlierer.

1903, Deutsche Meisterschaft

Nicht Schalke, Nürnberg oder gar Bayern München war der erste deutsche Meister. Der VfB Leipzig kann sich diesen Ehrentitel auf den Briefkopf drucken lassen. Mit 7:2 gewannen die Leipziger gegen den Deutschen Fußball Club Prag. Das muss damals eine amüsante Sache gewesen sein, wie man der Geschichtsschreibung des DFB entnehmen kann. Vor allem für den Organisator Franz Behr. „500 Zuschauer sorgten für eine Gesamteinnahme von 473 Goldmark, das Geld war auf Tellern und in Hüten gesammelt worden. Der Platz war mit Tauen abgegrenzt, um den quer durch das Spielfeld gehenden Weg unpassierbar zu machen. Franz Behr, Vorsitzender von Altona 93, war Organisator des Endspiels. Er sammelte aber auch die Eintrittsgelder ein, begrüßte die Gäste und war zugleich Schiedsrichter des Spiels. Kein Wunder, dass er bei so viel Pflichten die Ballbeschaffung vergessen hatte. So wurde Altona 93 um die leihweise Überlassung des Spielballs angegangen; immerhin gab es eine halbstündige Verzögerung des Spielbeginns, weil die Altonaer ja erst selbst einen beschaffen und aufblasen mussten."

1908, Uruguay, Erste Liga

Wer glaubt schon noch, dass Fußball nur ein Spiel ist? Für Abdon Porte von Nacional Montevideo muss es eine Frage der Ehre gewesen sein. Nach seiner Herabstufung vom Stammspieler zum Reservisten hielt er sein Leben offenbar für verwirkt. Mit einem obskuren Hang zur melodramatischen Geste, begab er sich nachts in das Stadion seines Vereins und brachte sich Punkt Mitternacht im Mittelkreis um. Mit einer Pistole.

1919, Berliner Stadtliga

Schön, wenn sich Zuschauer mit ihrem Lieblingsverein identifizieren. Noch schöner, wenn sie ihm auch wirklich einmal helfen können. Wie im Falle von Artur Friedemann.

Der Berliner, selbst 1914 Mitglied der Meistermannschaft von Hertha BSC, soll in einem entscheidenden Spiel gegen den Abstieg ein Tor des Berliner Sport Vereins verhindert haben, indem er einen aufs leere Tor hoppelnden Ball einfach wieder ins Feld zurückschoss. Angeblich hat er daraufhin Prügel von Anhängern des Sportvereins kassiert, doch das soll es ihm wert gewesen sein, denn die Hertha stieg am Ende nicht ab. Es gibt aber auch Quellen, die diesen Vorfall auf das Jahr 1922 terminieren. Und welche, die besagen, es sei nur eine Legende. Nun – wollen wir hoffen, dass sie stimmt. Wär doch zu schön, wenn wir hilflose Zuschauer auch mal was zu melden gehabt hätten …

1931, Freundschaftsspiel in Gelsenkirchen

Der erste Schalker Skandal liegt ein paar Jahrzehnte zurück und hat aus heutiger Sicht einen leicht absurden Beigeschmack. Weil die Schalker Spieler – unter ihnen Kuzorra, Tibulski und Szepan – statt der erlaubten fünf Mark Aufwandsentschädigung 10 Mark erhalten hatten, wurden sie von der Spruchkammer des Westdeutschen Spielverbandes zu Berufsspielern deklariert und vom Amateurspielbetrieb ausgeschlossen. Schalke war draußen. Obwohl Szepan und Kuzorra internationale Angebote erhielten, blieben sie Schalke treu und warteten die Begnadigung ab, die dann zum 1. Juni 1931 in Kraft trat. An diesem Tag – einem Montag – spielte Schalke 04 ein Freundschaftsspiel gegen Fortuna Düsseldorf, zu dem 70 000 Menschen kamen, obwohl das Stadion nur 35 000 Zuschauer fasste. So entstehen Mythen.

1934, Weltmeisterschaft

Dem Duce war jedes Mittel recht. Bei der WM im eigenen Land befahl Mussolini seiner Nationalmannschaft, sie möge doch bitte Weltmeister werden. Andernfalls … Und weil die Italiener offenbar nicht ausreichend Vertrauen in die eigenen Kräfte setzten, bürgerten sie kurzerhand auch die drei Argentinier Monti, Orsi und Guaita ein, die ordentlich mit dem Ball umzugehen verstanden und vier Jahre vorher Vizeweltmeister in ihrer alten Heimat geworden waren. Mit Erfolg: Italien gewann das WM-Endspiel gegen die Tschechoslowakei in Rom mit 2:1. Angeblich hatte dabei sogar Schiedsrichter Eklind aus Schweden mitgeholfen ... Ganz egal: Hauptsache, der Duce war zufrieden.

1942, Deutsche Nationalmannschaft

Der bessere Müller? Die beste Torquote in der deutschen Nationalmannschaft hat nicht etwa Gerd „der Bomber der Nation“ Müller, der in 62 Länderspielen auf 68 Tore kam und damit eine Quote von beachtlichen 1,097 Toren pro Spiel erzielte. Noch vor ihm liegt Ernst Willimowski, der schon für Polen in 22 Einsätzen 21 Tore erzielte. Als er dann ab 1941 für Deutschland spielte, erzielte er in acht Spielen für Deutschland 13 Tore. Quote: 1,625 Tore pro Spiel. Natürlich hinkt der Vergleich – Müller musste sich über einen viel längeren Zeitpunkt mit den internationalen Grobmotorikern in der Abwehr auseinander setzen.

1949, Erste italienische Liga

Sagt Ihnen der Name Ludwig Janda etwas? Vermutlich nicht, es sei denn, Sie sind quellensicherer Anhänger von 1860 München. Dort nämlich spielte der in Fürth geborene Stürmer bis 1949, dann wechselte er für die damals schier unglaubliche Summe von 30 000 Mark (andere Informationen besagen: 50 000, genau lässt sich das nicht mehr feststellen) nach Italien. Er spielte zwei Jahre für die Fiorentina in Florenz und danach noch einmal drei Jahre für den AC Novara. Warum das so interessant ist? Ganz einfach: Der Mann ist der erste deutsche Kicker, der als Profi ins Ausland wechselte – der erste Fußball-Legionär. Nationalspieler wurde er nie. Der DFB und Bundestrainer Herberger hatten da ihre Prinzipien – wer seine Brötchen außerhalb der deutschen Landesgrenzen verdiente, der wurde auch nicht berücksichtigt, basta!

1950, Weltmeisterschaft
Wo war Adidas? 1950 nahmen in Brasilien nur 13 Mannschaften an der Weltmeisterschaft teil – durch Kriegswirren gebeutelt und den absurden Verlauf der Qualifikation abgeschreckt, weigerten sich viele Mannschaften, an der Endrunde in Südamerika teilzunehmen. Andere dagegen hätten sich gern dem Wettstreit gestellt, wurden aber von der FIFA daran gehindert. Deutschland beispielsweise war als Verursacher des 2. Weltkriegs nicht willkommen. Und die harten Jungs aus Indien durften auch nicht mitspielen. Der Grund taugt auch heute noch zur allgemeinen Erheiterung: Die Inder wollten nur barfuß antreten. Tja. Die Bilder der Hornhaut-Athleten aus Bombay und Kalkutta hätten wir Fußballfreunde heute mal gern gesehen.

Interessante Paarungen, vierter Teil

[Die Pisa-Spirale]

1956, Europapokal der Landesmeister

Der grantelnde Scharfschütze. Ernst Happel ist den meisten Fußballfans als immer leicht mürrischer Fußballtrainer bekannt, der u. a. mit der holländischen Nationalmannschaft und dem Hamburger SV große Erfolge erzielte. Sein Markenzeichen: spärlichster verbaler Umgang mit Spielern und Presse. Max Merkel nannte den Mann mal einen „Beethoven in der Endphase". Was die meisten Fans aber nicht wissen: Happel – nach dem inzwischen das ehemalige Praterstadion in Wien benannt worden ist – war ein unglaublich gefährlicher Freistoßschütze. Der Höhepunkt in seiner Karriere als Präzisionsschütze: drei Tore im Spiel von Rapid Wien gegen Real Madrid. Endstand des Spiels: 3:1. Damals konnten die Österreicher sogar noch mit Real Madrid konkurrieren.

1956, FA Cup Final in England

Bernd Carl „Bert" Trautmann spielte zu dieser Zeit bei Manchester City und verdiente sich nach anfänglichen Problemen – als ehemaliger deutscher Kriegsgefangener war er in Manchester nicht unbedingt willkommen – den Respekt seiner Gastgeber. Unvergessen vor allem das FA Cup Final 1956 im Londoner Wembley Stadion, wo Trautmann bis zum Ende der Partie eine fantastische Leistung bot, obwohl er sich schon in der 75. Minute verletzt hatte. Bei der Siegerehrung fragte Prinz Philip ihn, warum er den Kopf so schief halte. Trautmann antwortete verlegen abwehrend: „Steifer Hals!" Kann man wohl sagen – er hatte sich den Halswirbel ramponiert! Und weitergespielt – mit einem Genickbruch. Das brachte ihm in England die Ehrung

„Fußballer des Jahres“ ein – eine seltene Auszeichnung für einen Ausländer.

1958, Münchner Jugend-Stadtliga

Die Ohrfeige, die 1860 München noch heute weh tut. In der Jugend spielte der spätere Kaiser der Bundesrepublik, Franz Beckenbauer der Einzige, noch für den Giesinger Verein SC 1906 München. Da sich auch der junge Beckenbauer schon ganz ordentlich mit dem Ball zu helfen wusste, sollte er bei einem größeren Verein gefördert werden. Der Wechsel zu 1860 München – damals die Nummer eins in der bayrischen Landeshauptstadt – war schon fast in trockenen Tüchern, da spielte Beckenbauer 13-jährig mit 1906 München noch einmal gegen die Löwen. Und geriet mit einem gegnerischen Spieler aneinander, der ihm kurzerhand eine Ohrfeige verabreichte. Dergestalt gedemütigt sah Beckenbauer von einem Wechsel zu 1860 München ab und ging zu den Bayern. Der Rest ist bekannt. Im Fanportal der Bayern ist, durchaus mit Schadenfreude nachzulesen: „Was aus dem Löwen wurde, der Beckenbauer 1958 die Ohrfeige verpasste, weiß man nicht. Wahrscheinlich würde er sonst täglich von den Löwen-Fans abgewatscht.“

1965, Hitparade in Deutschland

Dass Fußballer sich grundsätzlich für Generalisten halten, die singen, schauspielern und zuweilen auch in der Politik mitmischen wollen, ist heutzutage keine Überraschung mehr. Einer der Pioniere der interdisziplinären Unterhaltung war der Torhüter von 1860 München, Petar Radenkovic. Der Mann war nicht nur berühmt, weil er immer mal wieder stürmisch sein Tor verließ und mit den Feldspielern konkurrierte, er galt auch als lustiger Prahlhans. Das veranlasste ihn dazu, 1965 eine Single aufzunehmen und lauthals zu singen: „Bin i Radi, bin i König.“ Dummdeutsch im Bayernkleid. Das galt aber als lustig und zog sogar in die deutsche Hitparade ein: bis auf Platz fünf im April 1965!

Erst danach kamen Beckenbauer, Müller und Co mit ihrem erbärmlichen Musikalienhandel.

1965, Freundschaftsspiel
Werder Bremen war am Vortag deutscher Meister geworden, ziemlich überraschend, nach einem 3:2-Auswärtssieg beim FC Nürnberg. Am nächsten Tag hatte man ein Freundschaftsspiel in Lichtenfels gegen den Oberligisten Schweinfurt 05 zu bestreiten. Was sich etwas schwierig gestaltete: Die Spieler Lorenz und Matischak ließen sich auf dem Marktplatz von Lichtenfels vom Dorfpolizisten eine Glatze schneiden, und auch der Rest der Mannschaft war schon (noch?) in Feierlaune. Bereits in der ersten (!) Minute des Spiels kam es zu „alkoholbedingten" Auswechslungen.

1965, Deutsche Bundesliga
Keine großen Gefühle ... Als bekannt wurde, dass Willi „World Cup" Schulz nach dem Abstieg von Schalke 04 das sinkende Schiff verlassen und zum Hamburger SV wechseln würde, protestierten die Schalker Fans auf ihre Weise. Sie platzierten sich vor einer Trinkhalle genau gegenüber der Kneipe, die Willi Schulz gehörte und in der man normalerweise zechte, und konsumierten nun demonstrativ die Getränke des anderen Etablissements. Willi Schulz reagierte unsentimental, trocken und sprachlich grenzwertig: „Dat wa mich egal. Die Trinkhalle gehörte mich auch." Schulz hatte trotzdem die Rechnung ohne den DFB gemacht. Seine Flucht nach Hamburg erwies sich als überflüssig, Schalke 04 blieb durch eine Entscheidung am grünen Tisch 1965 doch noch in der Bundesliga, die auf 18 Vereine aufgestockt wurde.

1966, Deutsche Bundesliga
Der Spielervermittler Raymond Schwab aus Essen drehte Schalke 04 einen Spieler namens Zarko Nikolic an, der sei jugoslawischer Nationalspieler und eine richtige Kanone.

Als die Ablösesumme bezahlt war, stellte sich dann heraus, dass es einen jugoslawischen Nationalspieler dieses Namens zwar gab, dass der in Schalke erworbene Kicker – unklaren Alters übrigens – allerdings nur ein entfernter Verwandter des Elitekickers war. Und so spielte er auch. Im Schalke-Archiv ist übrigens nachzulesen, dass Nikolic wenigstens einen Rekord hält: Er wurde in einem Spiel in Köln eingewechselt und nach drei Minuten mit einer roten Karte wieder vom Platz gestellt.

1968, Messepokal

Keine Lust mehr? In der dritten Messepokal-Runde 1968 (Vorläufer des UEFA-Cups) schaltete der HSV die Schotten von Hibernian Edinburgh aus. Hönig traf in Hamburg zum 1:0-Sieg, Uwe Seeler schoss bei der 1:2-Rückspiel-Niederlage das entscheidende Auswärtstor. Und dann folgte etwas, das einen Fußballmanager von heute sofort in die ewige Arbeitslosigkeit stürzen würde: Der HSV verzichtete auf den Einzug in die vierte Runde. Die Türken von Göztepe Izmir bedankten sich. Der Grund für die hanseatische Zurückhaltung: Terminprobleme. Im Ernst. Der HSV hatte keine Zeit. Damals ging es eben um weitaus weniger Geld als heute, und TV-Übertragungen waren auch nicht an der Tagesordnung. Es war ja nur der Messepokal. Und die Bundesligaspiele konnte man schließlich nicht ausfallen lassen.

1969, Weltpokal

Grundsätzlich eine feine Sache – die beste europäische Mannschaft spielt gegen die beste südamerikanische. In der Praxis waren diese Vergleichswettkämpfe leider bessere Gemetzel. Vor allem die südamerikanischen Mannschaften traten nach allem, was sich bewegte, bis es eben das nicht mehr tat. Im Vorjahr schon hatte Manchester United unter den fußballerischen Amokläufen von Estudiantes Buenos Aires gelitten, so hatte beispielsweise Bobby Charlton eine schwere Verletzung davongetragen. Verantwortlich dafür einer der schlimmsten Finger im internationalen Fußball, Carlos Bilardo, Arzt! 1969 aber der Gipfel – da spielten die Argentinier gegen AC Mailand und fielen über Spieler und Begleittross der Italiener her, dass es eine Freude war. Anschließend wurden die drei fiesesten Übeltäter Suarez (30 Spiele), Manera (20 Spiele) und Poletti (lebenslang) gesperrt, Poletti und Suarez mussten sogar für 30 Tage hinter Gitter. Von 1973 an verzichteten die europäischen Mannschaften dann dankend auf den Weltpokal – ihnen war ihre körperliche Unversehrtheit wichtiger als ein fragwürdiger Titel!

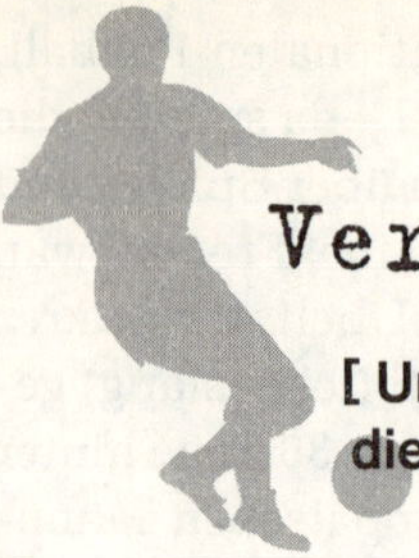

Versehrtensport

[Unangenehme Gebrechen, die wir noch nicht kannten]

„*Der Sport ist eine ungemein* **völkerverbindende** *Sache. Nach einem internationalen Fußballspiel habe ich einmal fünf Spieler verbunden.*“ Heinrich Wotruba (Wiener Arzt)

„*Die* **Pfeife** *des Schiedsrichters blieb taub!*“
Hubert Baumgartner, Trainer SK Rapid Wien, 1993

„*Da kam dann das* **Elfmeterschießen**. *Wir hatten alle die Hosen voll, aber bei mir lief's ganz flüssig.*“ Paul Breitner

„*Aber wenn frisches Blut in die Mannschaft rein soll, muss doch zumindest die* **Ampulle** *voll sein!*“ Rudi Brückner

„*Ich habe 'ne* **Oberschenkelzerrung** *im linken Fuß.*“
Guido „Diego“ Buchwald

„*Wenn man ihn jetzt ins* **kalte Wasser** *schmeißt, könnte er sich die Finger* **verbrennen.**" Gerhard Delling

„*Es gibt Tage, da bricht man sich den Finger in der* **Nase** *ab. Das war heute so ein Tag für uns.*" Friedhelm Funkel

„*Ich bin gespannt auf den ersten* **Augenblick**, *wenn er auf dem Spielfeld erstmals wegen seiner Erkrankung von einem Gegenspieler dumm angemacht wird. Wenn er ihm dann in die* **Eier** *tritt, dann weiß ich, dass er gesund ist.*"

Uli Hoeneß über den Gesundheitszustand von Sebastian Deisler

„*Man muss sehen, dass man keine* **Pickel am Arsch** *kriegt und was unterschieben.*" Joachim Hopp über das Dasein als Reservist

„*Weitere Fragen kann ich nicht beantworten. Ich muss jetzt zu meinen Spielern. Die sind so* **blind**, *dass sie den Weg von der* **Kabine** *zum Bus nicht finden.*" Uwe Klimaschewski

„*Ich habe einen gebrochenen* **Mittelfußknochen** *mit einem Tumor und was weiß ich noch alles. Aber ich hätte den Ball rausgehauen.*" Ernst Middendorp

„*Wegen* **Gyula Lorant** *hätte ich beinahe aufgehört. Er hat mir mal erklärt, dass man einen herausgesprungenen Meniskus am besten mit der* **Eckfahne** *wieder reinhaut.*"

Dr. Hans-Wilhelm Müller-Wohlfahrt

„*Ja, der FC Tirol hat eine* **Obduktion** *auf mich.*" Peter Pacult

„*Die Flugbahn des Balles beschreibt eine* **Epilepse**."

Karl-Heinz Rummenigge

„*Ohne meinen Kopf würde ich in der* **Verbandsliga** *spielen.*"

Martin Spanring

„*Ich bin* **vollblutiger** *Profi.*" Nikki Stevic

„*Es ist ein Sehnenabriss am* **Schambeinknochen**. *Hört sich lustig an, ist aber trotzdem beim Fußball passiert.*"

Thomas Strunz

„*Die Sanitäter haben mir sofort eine* **Invasion** *gelegt.*"

Fritz Walter junior

1971, Gastronomie am Niederrhein

Die Diskothek „Lovers Lane“ in Mönchengladbach hatte zwei gute Jahre – 1971 bis 1973 brummte der Laden, moderne junge Menschen gaben sich die Ehre. Und warum? Weil Günter Netzer, der Pop-Fußballer mit der 10 auf dem Rücken, ein glamouröser Weltmann war. Er trug seine Haare lang, fuhr Ferrari und lungerte in seiner Freizeit gern in einem Laden herum, der ihm selbst gehörte. Diskotheken-Besitzer Günter Netzer – das war auch damals schon grenzwertig, von seinem Trainer Weisweiler allerdings zähneknirschend geduldet. Er wusste, dass man seinem edelsten Pferdchen im Stall keine Fesseln anlegen darf. Netzer dankte es ihm mit beständig guten Leistungen.

1973, Deutsche Bundesliga

Nachdem Penarol Montevideo die Trikotwerbung schon Mitte der fünfziger Jahre eingeführt hatte, zog die deutsche Bundesliga erst 1973 nach, und noch immer war der ehrpusselige DFB not amused. Das war dem Braunschweiger Mäzen Günter Mast allerdings ganz gleich – auf die Dresse von Eintracht Braunschweig ließ er den Jägermeister-Hirsch aufdrucken. Schon bald zog der HSV mit Campari nach. Wurde halt getrunken unter Männern. Später auch gevögelt – der FC Homburg machte in den 80er Jahren mal Reklame für einen Kondomhersteller. Wiederum waren die Herren vom DFB, offenbar allesamt Produkte unbefleckter Empfängnis, doch arg pikiert.

1973, Erste spanische Liga

Selbst mittelbegabte Spielervermittler von Profifußballern

können im Jahr bis zu einer Million Euro verdienen, wenn sie nur ein paar ihrer Schäflein von A nach B transferieren. Dazu ist in der Regel nicht allzu viel Phantasie vonnöten – 10 Prozent der Transfer- und/oder Vertragssumme machen schnell mal einen Batzen aus. Das war 1973 alles noch ein bisschen überschaubarer. So wurde Günter Netzer von einem Herrn Manfred Wengert nach Real Madrid vermittelt, der laut Christian Eichlers ‚Lexikon der Fußballmythen' sein Geld normalerweise mit dem Drucken von Stierkampfplakaten verdiente. Für den Netzer-Deal strich der brave Mann gerade mal 2,5 Prozent ein, insgesamt 32 500 Mark.

1976, Deutsche Bundesliga

Lustige Verletzungen, Teil eins. Der Stürmer Georg Damjanoff musste auf ein Spiel in der Bundesliga verzichten, weil ihm ein Teekessel auf den Fuß gefallen war. Kommentar seines Trainers Kronsbein bei Hannover 96: „Zum ersten Mal trinkt der kein Bier, schon verletzt er sich."

1979, Herzogenaurach, danach: weltweit

Der beste Fußballschuh der Welt. Der „Coppa Mundial". Von Adidas. So viel Patriotismus darf sein. Aber Profis aus aller Welt können nicht irren: sofern sie nicht gezwungen werden, die neuesten Erzeugnisse ihres jeweiligen Ausrüsters zu tragen, entscheiden sie sich oft für den „Coppa Mundial". Der elegante Schuh mit den schwarzen Nocken wurde 1979 entwickelt, 1982 auf den Markt gebracht und ist seitdem in fast unveränderter Form erhältlich. „Old School" in formvollendeter Eleganz.

1983, Deutsche Bundesliga

Auf den ersten Blick ein tragischer Autounfall, inzwischen aber fast sicher: Ein geplanter Mord an einem Fußballer. Die Stasi rächte sich offenbar am 5. März 1983 an ihrem ehemaligen Staatsbürger und Profifußballer Lutz Eigendorf dafür, dass er 1979 in den Westen „rübergemacht" hatte. Eigendorf verunglückte mit 2,3 Promille Alkohol im Blut, war aber zu Hause noch stocknüchtern losgefahren. Viele Indizien verdichten den Eindruck, dass die Stasi bei diesem „Unfall" ihre Finger im Spiel hatte. Im März 1983 gab der „Verräter" Eigendorf direkt an der Mauer ein TV-Interview – offenbar war das sein Todesurteil.

1984–1990, Trainingsplatz

Der Aachener Günter Delzepich ist unter Fußballern immer noch ein relativ bekannter Mann. Nicht durch seine grandiosen Leistungen, er spielte zwischen 1984 und 1990 immer nur maximal in der 2. Liga bei Alemannia Aachen. Mehr berüchtigt denn berühmt wurde er aufgrund seiner Oberschenkel – der Mann sah aus, als ob er mit dicken Ofenrohren auf die Welt gekommen wäre. Dementsprechend legendär seine Schussstärke. Der Sohn eines Milchhändlers versetzte Abwehrspieler und Torhüter der gegnerischen Mannschaften in nackte Panik, wenn sich eines seiner Geschosse ankündigte. Einmal allerdings verspekulierte sich Delzepich. Er wettete im Training, dass er einen Medizinball von der Sechzehnmeterlinie ins Tor schießen könne, ohne dass der Ball vorher aufspringt. Seine Teamkollegen hielten dagegen. Und gewannen. Delzepich ballerte den Medizinball *über* das Tor.

Interessante Paarungen, fünfter Teil

[Die hätten die Kanzlerfrage auch ausspielen können]

Rot-Grün spielt mit:

Trainer:
Michael Schröder
(HSV)

Kay Wehner
(Wacker Burghausen)

Stefan Kuhn (FC Nürnberg)
Thomas Bahr (Fortuna Düsseldorf)
Tobias Rau (Arminia Bielefeld)

Gerhard Clement (Westfalia Herne)
Christian Wieczorek (Arminia Bielefeld)
Franz „Bulle" Roth (Bayern München)
Heiko Scholz (Bayer Leverkusen)

Jens Scharping (Alemannia Aachen)
Klaus Fischer (Schalke 04)
Michael Künast (Karlsruher SC)

Schwarz-Gelb tritt an mit:

Thomas Gerhardt (Schweinfurt 05)
Guido Erhard (1860 München)
Andreas Lübke (VfL Bochum)

Ralf Kohl (SC Freiburg)
Tom Geißler (Mainz 05)
Stefan Strauß (FC Magdeburg)
Peter Wulf (HSV)

Frank Kinkel (Ulm 1846)
Thomas Vogel (FC Kaiserslautern)
Lothar Huber (Borussia Dortmund)

Georg Koch
(MSV Duisburg)

Trainer:
Max Merkel
(1860 München)

1987, Freundschaftsländerspiel in Brasilien
Vorsicht, jetzt wird's mal kurz ziemlich albern. Und nicht jugendfrei. Als die deutsche Nationalmannschaft im Maracana-Stadion zu einem Freundschaftsspiel antritt, biegt sich das Publikum schon bei der Mannschaftsaufstellung der Deutschen vor Lachen. Der Name Franco Foda ist es, der für so viel Heiterkeit sorgt. Haben die Brasilianer den Mann vielleicht schon einmal spielen sehen? Keineswegs. Es ist halt so, dass der Name „Franco Foda“ auf portugiesisch „Ficken umsonst“ bedeutet. Unseres Wissens hat Foda dann nie für portugiesische oder brasilianische Mannschaften gespielt.

1990, Qualifikation zur Europameisterschaft
Die Fakten: Österreich verliert 1:0 im schwedischen Landskrona vor 1265 Zuschauern gegen die Faröer-Inseln.
Hahahahahahahahahahahahahaha!
Wenigstens auf die Operettenkicker aus Österreicher ist Verlass, ansonsten hat der deutsche Fußballfreund wenig Grund, sich über andere Nationen lustig zu machen. Und hier nun, aus Dankbarkeit über ein paar unbeschwerte, schadenfreudige Lacher die Mannschaft aus Österreich, die sich in diesem denkwürdigen Spiel unsterblich machte: Konsel, Russ, Streiter, Pecl, Hartmann, Peischl, Linzmaier, Herzog, Reisinger, Polster, Rodax.

1990, Fußballweltmeisterschaft
Zum Kotzen! Der ehemalige argentinische Nationaltrainer Carlos Bilardo gehört wohl zu den schlimmsten Fingern, die der internationale Fußball je hervorgebracht hat. Schon

als Spieler hat er seine Gegenspieler mit einer Nadel gestochen, um sich Vorteile zu verschaffen, und anschließend oskarreif den Unschuldigen gemimt. Sein Heldenstück lieferte der „Winning ugly"-Prophet aber 1990 bei der WM in Italien ab. Im Halbfinale zwischen Argentinien und Brasilien warf er dem durstigen brasilianischen Spieler Branco eine Feldflasche mit Brechmittel zu. Branco: „Ich sah das Stadion davonfliegen!" Angeblich sollen auch noch andere Brasilianer argentinische Getränke zu sich genommen haben. Branco erzählte, dass ihm anschließend übel wurde und er keinen vernünftigen Ball mehr habe spielen können. Und die lange Zeit überlegenen Brasilianer verloren das Spiel noch durch ein Tor neun Minuten vor Schluss. Auf die Frage, ob sich Bilardo tatsächlich zu solch einer Niederträchtigkeit hinreißen habe lassen, antwortete der schlimme Finger, womöglich auch noch stolz auf seine List: „Ich sage nicht, dass dies nicht passiert ist." Übrigens: Bilardo hat einen Doktortitel in Medizin.

1992, Deutsche Bundesliga

Ein paar Spiele machte der dunkelhäutige Bundesligaprofi Oliver Pagé noch für Dynamo Dresden, doch dann zog es den sensiblen Verteidiger in den Amateursport und auf eine andere berufliche Schiene. Er wurde – nach Kontakten mit dem engagierten Christen und Fußballprofi Jorginho – Pastor. Eine ungewöhnliche Karriere für einen Profi, doch im Christuszentrum Neuwied ist Pagé beliebt. Und mit dem Fußball hat's der Mann auch noch: Erst spielte er jahrelang für einen Kreisligisten, zuletzt hörte man, dass Pagé beim Verbandsligisten SC Hamm als Trainer vor die Tür gesetzt worden ist – den Gesetzen des Fußballs muss man sich auch als Pastor beugen.

1995, Freundschaftsspiel in England

Provokation oder Geniestreich – das ist hier die Frage. Sicher ist: Wenn der Hackentrick, den der kolumbianische

Torhüter im Freundschaftsspiel gegen England unnötigerweise riskierte, schief gegangen und der Ball im Tor gelandet wäre, dann hätte sich der Mann einen neuen Job suchen können. So aber, nach geglücktem Kabinettstückchen, gilt René Higuitas Aktion als zirkusreif und kursiert zur Unterhaltung der Fußballfans auf der ganzen Welt im Internet. Falls Sie die Aktion des verrückten Kolumbianers noch nie gesehen haben, dann stellen Sie sich einfach vor, dass ein Ball in mittlerer Schärfe als Bogenlampe auf sein Tor zukommt, der Mann sich mit dem Kopf wie bei einem Sprung ins Schwimmbecken nach unten wirft und den Ball mit den Füßen in Kopfhöhe aus seinem Tor hinaushaut. Irre. Aber auch: gekonnt!

1997, Deutsche Bundesliga

Kleiderordnung muss sein. Marcell Fensch heißt der Nachwuchskicker des FC Köln, der blank auf der Bank saß. Gegen Schalke sollte der damals 22-jährige Verteidiger in der 40. Minute für den verletzten Dirk Schuster eingewechselt werden. Fensch zieht seine Trainingsjacke aus, bemerkt, dass da was fehlt. Er hat sein Trikot in der Kabine vergessen. Schalke nutzt die Zeit, die der FC Köln in der Unterzahl spielen muss und schießt das 1:0. Fensch zahlt nicht nur mit einem roten Kopf – er muss auch 2000 Mark Strafe auf den Tisch legen. Und bei den Fans hatte er seinen Ruf weg.

1997, Schottische Amateurliga

Späte Premiere. 1997 gelang es einem Torhüter zum ersten Mal, einen Abstoß vom Boden direkt zu verwandeln. Warum so spät? Weil die FIFA erst 1996 die Regel aufgehoben hatte, dass ein Abstoß direkt verwandelt werden kann. Der glückliche Pionier hieß Darren Castle, erzielt wurde das Tor auf einem Dorfplatz bei Aberdeen. Und normalerweise spielt Castle im Mittelfeld.

1998, Erste italienische Liga

Der AC Florenz hat auf die Strapazen reagiert, die seinen Spielern der harte Job des Fußballprofis abverlangt. Endlich müssen die müden Kicker den Weg von der Umkleidekabine bis zum Trainingsplatz nicht mehr zu Fuß zurücklegen. Ein Automobil der Marke Fiat schaukelt die Spieler zwischen Kabine und Platz hin und her. Es handelt sich ja auch um die horrende Entfernung von 150 Metern. Das ist einem Fußballprofi vor oder nach dem harten Training wirklich nicht zuzumuten.

1999, Oberliga Nordrhein

Freie Kubaner im Rheinland! Am 11. April 1999 kommt es im Bonner Sportpark Nord zu einer denkwürdigen Premiere: Der heimische Bonner SC läuft erstmals mit fünf kubanischen Nationalspielern auf. Nach einigen sportpolitischen Ränkespielchen hatte sich die „Schnapsidee" einiger Bonner Funktionäre tatsächlich durchgesetzt: Die Bonner wollten mit der Verpflichtung der kubanischen Nationalmannschaft endlich wieder in den bezahlten Fußball zurück. Im Gegenzug sollten die Rheinländer Sportutensilien nach Havanna schaffen und dafür sorgen, dass der kubanische Fußball durch europäische Einflüsse und Kontakte international konkurrenzfähiger wird. „BSC Fidel Bonn" schrieb die ‚taz' spöttisch und die Konkurrenten aus der Oberliga Nord maulten: Wettbewerbsverzerrung! Doch zu viel der Ehre: Die Kubaner schlugen längst nicht so gut ein wie erwartet, verloren als Mannschaft in der WM-Qualifikation gegen Barbados, der BSC stieg in die Verbandsliga ab. Ein Jahr später war der kubanische Zauber wieder vorbei. Einer durfte bleiben: Vladimir Alejo. Der hatte seine Zeit in Bonn sinnvoll genutzt und eine Familie gegründet.

Unter dem Strich

[Ziele und Bilanzen, die sich sehen lassen können]

„*Ich habe viel von meinem* **Geld** *für Alkohol, Weiber und schnelle Autos ausgegeben … Den Rest habe ich einfach* **verprasst**.“

George Best

„*Ich habe nie eine* **Torchance** *überhastet vergeben. Lieber habe ich sie vertändelt.*“

Willi „Ente“ Lippens

„*Keiner liebt mich, da können Sie meine* **Frau** *fragen.*“

Hans Meyer

„*Ich will mit* **100** *in der Stammkneipe mit einem Kölsch in der Hand umfallen und* **sterben**.“

Hans Schäfer, Mitglied der deutschen Fußballweltmeister-Elf von 1954, vor seinem 70. Geburtstag

„*Ich bin nicht* **Hanswurst**, *ich bin die Trainer von* **FC Schalke**.“

Huub Stevens

Die 10 Gebote

[Exklusiv für Trainer]

Du sollst deine Spieler im Training erst mal 10 Runden über die Tartanbahn hetzen, bevor sie einen Ball sehen. Wegen der Flausen und natürlich der Grundausdauer.

Du sollst dir eine Plastiktafel, ein paar Magnetplättchen und einen Filzer kaufen, damit deine Spieler sehen, wohin ihre Laufwege führen.

Du sollst deinen Vereinspräsidenten ehren.

Du sollst deinem Co-Trainer nicht vertrauen und ihn maximal den Torhüter einschießen lassen sowie „die Bäll uffpumpe und de Hütche uffstelle“ (Ulli Stielike).

Du sollst dem Vertreter der Presse nach einem Sieg erklären, wie sehr du dich darüber freust, dass die Mannschaft deine Taktik umgesetzt hat. Nach einer Niederlage reicht es, folgende Sätze zu formulieren: „Wir standen zu weit von unseren Gegenspielern entfernt. Wir sind nicht in die Zweikämpfe gekommen.“

Du sollst keine Trainerfortbildung machen. Es reicht, wenn du den Premiere-Decoder anschaffst.

Du sollst am Samstag vor dem Spiel Kontrollanrufe bei deinen Spielern machen, und, nein: nicht auf dem Handy!

Du sollst den Kapitän deines Teams selbst bestimmen, weil er dir heimlich Interna aus der Mannschaft erzählen soll.

Du sollst am Sonntagmorgen bei Gelegenheit den Stammtisch auf DSF anschauen, weil du dort viele überflüssige Binsenweisheiten über Fußball hören wirst, die du bei Gelegenheit an deine Mannschaft weitergeben kannst.

Du sollst an der Linie stehen und deine Spieler zusammenscheißen, dass es eine wahre Pracht ist – anders haben die doch gar keinen Respekt!

1999, Englische Premier League

Verunglückter Torjubel, erster Teil. Der englische Stürmer Robbie Fowler ist offenbar ein humorbegabter junger Mann. Im miesepetrigen Fußballgeschäft ist so was allerdings nicht immer von Vorteil, wie er schmerzlich erfuhr. Gerüchten im Vorfeld des Derbys zwischen Everton und seinem damaligen Verein, dem FC Liverpool, er sei ein Kokain-Konsument, begegnete Fowler relativ souverän. Nach seinem verwandelten Elfmeter rannte er an den Rand des Spielfelds und deutete dort an, die weiße Kreidelinie „wegzuschnupfen". Die Verantwortlichen vom englischen Fußballverband reagierten jedoch verschnupft und sperrten den armen Fowler für sechs Spiele!

2001, Spanischer Pokal

Verunglückter Torjubel, zweiter Teil. Martín Palermo vom FC Villareal traf es im November 2001 wirklich hart. Nachdem er gegen den UD Levante ein Tor erzielt hatte, lief er zu den Fans und ließ sich feiern, wobei eine schwere Betonwand umstürzte und Palermo unter sich begrub. Ergebnis: Mehrere Brüche in beiden Beinen. Er verpasste aus diesem Grund die Weltmeisterschaft in Japan und Südkorea. Dumm gelaufen – ein Tor, auf das der Mann vermutlich gern verzichtet hätte.

2002, Erste Liga, Madagaskar

Auch eine Art, seine Würde nicht aufs Spiel zu setzen. Um seinem Ärger über den Schiedsrichter nachhaltigen Ausdruck zu verleihen, wies der Trainer des madegassischen Erstligisten Stade Olympique l`Emyrne seine Spieler an, von nun an nur noch Eigentore zu schießen. Die gehorchten und bolzten den Ball unter amüsierter Nichtbeteiligung der gegnerischen Mannschaft von AS Adema 149 Mal ins eigene Tor. Endstand: 149:0. Endlich mal eine klare Angelegenheit in einem Spitzenspiel. Ob der Trainer von AS Adema seine Mannschaft wegen ihrer passiven Spielweise kritisiert hat?

2002, Weltmeisterschaft
Komische Verletzungen, zweiter und letzter Teil. Auch auf dem Feld gibt Santiago Cañizares, Torhüter des FC Valencia, zuweilen eine traurige Gestalt ab. Was ihm allerdings kurz vor der WM 2002 passierte, ist an Tragikomödie kaum zu überbieten: Beim Rasieren fiel ihm eine Flasche After Shave auf den Boden, er rutschte darauf aus, rammte sich eine Scherbe in den Fuß und schnitt eine Sehne durch. Cañizares, der als zweiter Mann im spanischen Tor durchaus Einsatzchancen bei der WM 2002 in Japan und Südkorea gehabt hätte, wurde aus dem Kader gestrichen.

2003, Erste türkische Liga
Verunglückter Torjubel, dritter Teil. Es gibt eben Leute, die wissen, bei wem sie sich zu bedanken haben. Pascal Nouma von Besiktas Istanbul griff sich nach seinem Siegtreffer im Derby gegen Fenerbahce herzhaft in die eigene Hose und feierte seinen Treffer in autoerotischer Pose. Das sei eine Geste jenseits aller türkischen Gebräuche und Traditionen meinten die Verantwortlichen seines eigenen Vereins und schickten Nouma in die Wüste. Kein guter Griff.

2004, Erste französische Liga
Olympique-Lyons-Verteidiger Eric Abidal hat dafür gesorgt, dass seine Eltern sich nach 35-jähriger Beziehung endlich trauen lassen. Abidals Erzeuger hatten ihrem Filius versichert, dass sie vor den Traualtar treten, falls er es je schaffen sollte, ein Tor als Profi zu erzielen. Im November

2004 war es so weit: der OSC Lille musste dran glauben. Und Abidals Eltern demnächst.

2004, Erste Schweizer Liga

Verunglückter Torjubel, vierter und letzter Teil. Diesmal: Der Zaunkönig. Paulo Diogo von Servette Genf hatte das Tor nicht mal selbst erzielt, sondern es im Spiel gegen den FC Schaffhausen schön vorbereitet. Auf dem Zaun wollte er trotzdem mit den Fans feiern, verhakte sich aber mit dem Ringfinger in der Zaunspitze und verlor beim Absprung zwei Glieder des Fingers. Allerdings bekam er dafür auch etwas zurück: die gelbe Karte vom Schiedsrichter. Mieser Tausch, würden wir sagen.

2005, Vierte norwegische Liga

Ein Routinier ist man im Fußball mit 32 Jahren, ab 40 gilt man als aktiver Kicker bereits als infarktgefährdet. Steinar Soli aus dem norwegischen Sønma kann über diese Jungspunde nur lachen. Weil ein Spieler die Fähre verpasst und die viertklassige Truppe aus Sønma viele Landwirte in ihren Reihen hat, die nicht immer abkömmlich sind, wurde der gute Steinar im Spiel gegen Nordland FK kurzfristig in die Startelf berufen. Das ist aller Ehren wert, denn er ist 67 Jahre alt. Soli hielt durch und kann die Aufregung um seine Berufung nicht verstehen: „Ein 30-Kilometer-Langlauf ist doch viel schwerer!"

2006, Erste spanische Liga

Der spanische Schriftsteller Javier Marias genießt in seinem Heimatland ungefähr den gleichen Stellenwert wie hierzulande Nobelpreisträger Günter Grass. Mit dem Unterschied allerdings, dass Grass in Sachen Fußball eher unauffällig agiert. Marias ist glühender Real-Madrid-Anhänger und veröffentlicht regelmäßig in der renommierten Zeitung ‚El Pais' seine Gedanken über den Fußball. In Deutschland ist sein Buch ‚All unsere frühen Schlachten' erhältlich, wo es zum Beispiel auch um Stilfragen geht, beispielsweise darum, dass der Spitzbartträger als solcher immer ein Linkmichel auf dem Platz sein dürfte. Interessant auch seine Ansichten zur aktuellen Transferpolitik von Real: „Es ist ähnlich wie bei Frankenstein. Exzellente Teile, aber wenn man sie zusammensetzt, passen sie nicht immer zusammen. Der echte Frankenstein hatte ja auch ein paar Probleme mit dem Laufen."

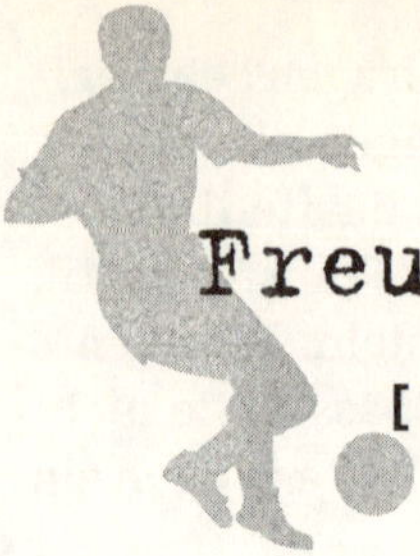

Freunde fürs Leben

[Ungesühnte Frechheiten]

„*Halloween – wie feiert man* **Halloween***? Viele schnitzen einen Kürbis zurecht – in Leverkusen malt man einfach ein* **lustiges Gesicht** *auf den Bauch von Rainer Calmund.*“

Harald Schmidt

„*Jetzt sieht er aus wie ein frisch lackierter* **Totalschaden***!*“

Mario Basler über den frisch geschorenen Glatzkopf Christian Ziege

„*Der ist mit allen* **Abwassern** *gewaschen.*“

Norbert Dickel über seinen Sturmpartner Frank Mill

„*Ich brauche keinen* **Butler**. *Ich habe eine junge Frau!*“

Thomas Doll; diese ist mittlerweile übrigens mit Olaf Bodden verheiratet

„*Netzers* **Kommentare** *sind wie sein Haarschnitt.* **Langweilig.**“

Stefan Effenberg

„*Ich habe mit ihm '92 angefangen und der* **alte Sack** *spielt immer noch.*“
Thomas Helmer über Mehmet Scholl

„*Solange Rummenigge und ich bei Bayern etwas zu sagen haben, wird* **Matthäus** *nicht einmal* **Greenkeeper** *in unserem neuen Stadion.*“
Uli Hoeneß über den Ex-Bayern-Spieler Lothar Matthäus

„*Auf den Fußballplätzen tummelt sich heute ein Haufen knallbunter* **Design-Fummeltrinen** *– da sieht es aus wie im Kleiderschrank von Ulli Stielike!*“
Oliver Kalkhofe

„*Erich Ribbeck ist vom Fußball so weit weg wie die* **Erde** *vom* **Mars**.“
Werner Lorant

„*In England kommt jetzt eine sprechende* **Zigarettenschachtel** *auf den Markt. Da dachte ich: Aha, Werner Lorant!*“
Harald Schmidt

„*Von Jürgen Kohler, den sie alle nur* **„Kokser“** *nennen, zurück zum heutigen Gegner Kolumbien – eine gelungene* **Überleitung** *wie ich finde.*“
Wolf-Dieter Poschmann

„*Das da vorn, was aussieht wie eine* **Klobürste**, *ist Valderrama.*"

Bela Rethy

„*Ich will nicht wie Giovanni Trapattoni oder Lothar Matthäus als* **Parodie** *in der Stefan-Raab-Show landen.*"

Winnie Schäfer, auf die Frage, weshalb er nicht französisch lernen will

„*Abseits ist, wenn dat lange* **Arschloch** *zo spät abspielt.*"

Hennes Weisweiler über Günter Netzer

Lernen durch den Fußball!

[52 Begriffe aus der lustigen Welt des Kickersports]

[Adidas-Repräsentant]

Ehemals berühmter Fußballer, gerne Nationalspieler, der mit Bauherren-Modellen oder auf der Rennbahn so viel Geld in den Sand gesetzt hat, dass er jetzt als Buffer-Vertreter auf Messen Autogrammstunden geben muss. Immerhin ist er knapp an der Lotto-Toto-Annahmestelle vorbeigeschrammt.

[Arena]

Wurde früher für Stierkämpfe gebaut, ist seit einigen Jahren aber hauptsächlich für Fußballspiele zuständig. Meistens steht so etwas wie „Veltins"- oder „Allianz"- vor der Arena, und die Kommunen haben, um den Bau solcher Arenen zu finanzieren, was bei den Altenzentren und Sozialwohnungen eingespart. Aber dient ja einem guten Zweck: der WM 2006!

[Banane]

Südfrucht, nicht zu verwechseln mit der Bananenflanke. Flog auffallend häufig in Strafräume, die von Olli Kahn bewacht wurden, und es war nicht als nette Geste gemeint.

[Bananenflanke]

Angeblich von „Manni" Kaltz erfunden, was auch Hrubesch auf die Frage nach dem Geheimnis der Bananenflanke bestätigte: „Manni von außen, Flanke hoch rein, ich Kopf, Tor." Oder so. Jedenfalls macht so ein Bananenball von außen eine fiese, für den Torwart nahezu unberechenbare Kurve, was vor allem dem Engländer Beckham präzise und wuchtig immer wieder gelingt.

[Berater]

Jeder halbwegs talentierte Spieler wird ab ungefähr dem 12. Lebensjahr von dicken Quälgeistern belagert, die früher mal Spirituosenhändler oder Büdchenbesitzer waren, aber jetzt „Spielerberater" sind. So ein Spielerberater sorgt dafür, dass der eigene Schützling einen neuen Verein findet, auch wenn der gar keinen sucht. Eigentlich ist so ein durchschnittlich gestrickter Berater unabhängig vom sportlichen Sinn einer solchen Maßnahme *immer* auf der Suche nach einem neuen Verein, denn dann gibt's in der Regel 10 Prozent von allen Summen, die über den Tisch gehen. Am besten kommen noch die Spieler weg, die von ihren Frauen „beraten" werden. Dann bleibt das Geld wenigstens in der Familie.

[Betreuer]

Gibt's in Profimannschaften nicht – da heißen Betreuer Teammanager oder sonst was Wichtiges, und es ist vermutlich schon ein Lehrberuf. Der Betreuer in einer Jugendmannschaft oder bei den Amateuren aber ist meistens nur ein armes Würstchen, denn sein Interesse an Geselligkeit und schlechtem Fußball verschafft ihm die Ehre, für Kreisligisten Selterskästen und schwere Trikotkoffer tragen zu dürfen. Meistens muss er, der einen Großteil seiner Freizeit dafür opfert, dass schwach begabte Freizeitkicker ohne viel eigenen Aufwand herumdilettieren dürfen, sich auch noch dumm anblöken lassen: „Ey, Alter, der Ball ist voll scheiße aufgepumpt!"

[BILD]

Keineswegs bloß eine Zeitung, die täglich erscheint, um abzubilden, was passiert ist. Die ‚BILD'-Zeitung hält es wie Pippi Langstrumpf und macht sich die Welt, so wie sie ihr gefällt. Und wenn der Bundestrainer die Kooperation verweigert oder ein Kaiser Vertragspartner des Unternehmens ist, dann kann man sicher sein, dass dem einen selbst bei ordentlicher Arbeit der Wind ins Gesicht bläst und Zweitem selbst beim Abspulen unsäglichster Dummschwätzereien stets der rote Teppich ausgerollt wird. Ein Bundesligakicker sollte übrigens ein gutes Verhältnis zu seinem ‚BILD'-Reporter pflegen – unter Umständen wird der mal wichtiger für die eigene Karriere als der Trainer oder der Mitspieler.

[Blutgrätsche]

Stirbt aus, weil von Schiedsrichtern nicht mehr gern gesehen. An ihre Stelle tritt das ungleich langweiligere Trikotzupfen, weil's nicht so hart bestraft wird wie eine amtliche Blutgrätsche. Stehen Sie also auf, meine Damen und Herren, und gedenken Sie einiger Könner der gemeinen Blutgrätsche: Jürgen Kohler, Norbert Siegmann, Karlheinz Förster, Willy Schulz, Horst-Dieter Höttges, Paul Steiner, Wolfgang Dremmler.

[Bratwurst]

Gibt es im Stadion, wird gerne genommen. Gilt als Bezeichnung unter Fußballern aber als üble Beleidigung. Fredi Bobic steigerte den Effekt einer einfachen Bratwurst noch, als er einmal einen Schiedsrichter „Blinde Bratwurst" nannte. Dabei hätte ein einfaches „Du Kasper" es in diesem Fall auch getan und vermutlich nicht mal zu einer Sperre geführt. Gemeint war nämlich Schiedsrichter Hans Jürgen Kasper. Und der ließ Bobic für die „Blinde Bratwurst" ein Spiel lang sperren.

[Corner]

Hier: *Chornehr* gesprochen, ist der Begriff, den der österreichische Sportkommentator gerne mal für den „Eckball" einsetzt. Das vergnügt den deutschen Fan immer wieder, zumal auch die Ösi-Chornehr meistens nicht mehr „einbringt" als der deutsche Eckball. (Der Engländer übrigens hat da keine Wahl!)

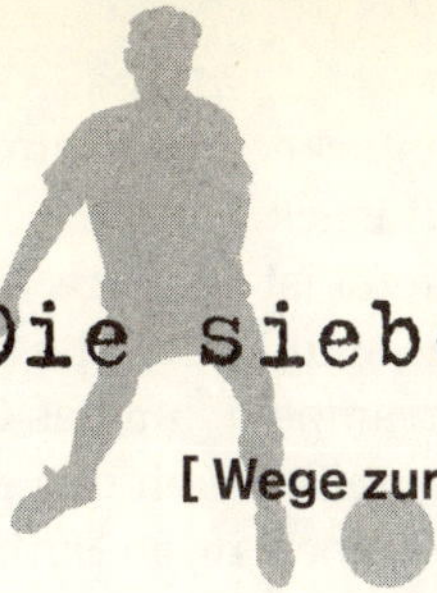

Die sieben Siegel

[Wege zur Perfektion]

Das vierte Siegel: Wie es nicht mehr weitergeht

„Kurz Trikots wechseln, Getränke, wer braucht Physio? Irgendwer angeschlagen? Ihr habt zwei Minuten!“

Dittmar Detmers steht breitbeinig in der Mitte eines Raums, der so groß ist wie eine Schulklasse. Er hat die Arme vor der Brust verschränkt, seine Halsschlagader pocht. Blau gekachelter, wischfreundlicher Fliesenboden, weiße, gekalkte Wände, leuchtend rote Spindtüren. Neun verschwitze Männer hocken mit gesenkten Köpfen auf ihren Bänken. Einer liegt auf einer Massageliege und lässt sich vom Mannschaftsarzt und einem Physiotherapeuten behandeln. Der Torhüter lehnt stehend an der Tür – Rückenprobleme. Es herrscht Stille. Es steht 0:2. Nach 45 Minuten. Immer wieder schüttelt mal einer der Spieler den Kopf. Im Raum befindet sich auch noch der Manager des Vereins samt seinem Assistenten Krohn, der gleichzeitig für die Pressearbeit zuständig ist, auch der Co-Trainer sitzt etwas abseits und schweigt. Zwei bis drei Minuten verrinnen, ohne dass irgendwer in der Kabine etwas sagt. Schuhe werden neu geschraubt, Flaschen klirren, Becher werden stumm weitergereicht.

„Alles klar?“, fragt Dittmar Detmers ganz ruhig, fast zu leise, um den Raum auszufüllen. Die Spieler nicken. Detmers schaut von einem zum andern und pumpt sich dabei auf wie ein Gewichtheber vor der Aktion.

„Dann sagt mir mal, was DAS! war?“, brüllt er dann unvermittelt in beachtlicher Lautstärke. Der Mann sieht aus, als leide er unter zu hohem Blutdruck.

„Was ihr dem Publikum anbietet ist eine Frechheit! Eine absolute Unverschämtheit! Das sind Leute, die sich in der Woche 12 Stunden am Tag abstrampeln, um das Gehalt für euch Pfeifen aufzubringen. Die reißen sich den Arsch auf, jeden verdammten Tag. Und die haben 40, 50 Euro dafür bezahlt, euch hier beim Verpissen zuschauen zu dürfen! Verdammte Scheiße! Die sind sauer!“

Dittmar Detmers Gesichtsfarbe changiert inzwischen ins Bläulich-Violette.

„Was haben wir besprochen? WAS HABEN WIR VOR DEM SPIEL BESPROCHEN? Ach was, vor dem Spiel. DIE GANZE WOCHE! Ihr sollt in die Zweikämpfe kommen, von der ersten Sekunde an. Sofort die Initiative übernehmen, mal anzeigen, wer heute hier vor eigenem Publikum spielt und die Punkte haben will! Und was macht ihr? Becher? Leutheimer? Diaz? Gurki? WAS ZUM TEUFEL MACHT IHR? Nichts macht ihr, original gar nichts. Bisschen Pille Palle für die Galerie. Erst 100 Meter weg vom Mann und dann Alibi-Grätschen. Das ist gar nichts, Männer, gar nichts. Wenn ihr rausgeht und so weiterspielt, dann fangt ihr euch noch vier Dinger! Und mit einem 0:6 will ich hier heute nicht aus dem Stadion kommen. Der Mob haut euch doch auf die Glocke! Und womit? MIT RECHT! Mit Recht. Also, so geht das nicht weiter.“

Detmers macht eine kurze Pause. Er atmet wieder regelmäßiger. Seine Kommandos kommen jetzt kürzer, ruhiger.

„Bernd Eilers, geht das bei dir weiter?“

Eilers nickt. „Ich versuch’s – 20 Minuten sicher noch.“

„Gut. Meiser und Dum bleiben draußen. Ich könnte 10 von euch rausnehmen, entschuldigt euch mal beim Langen, dass er mit euch Nudelwaschern spielen muss!“ Der Keeper grinst schief, überlegt sich aber im letzten Moment, die Bemerkung besser nicht zu kommentieren.

„Eilers geht von der halbrechten Position auf die rechte

Seite, Markowiak spielt jetzt auf Circy, und zwar enger, über den läuft doch jeder zweite Ball, kriegt das denn von euch Blinzen niemand mit? Das war besprochen, da gab es klare Zuteilungen. Eilers, versuch das ständige Hinterlaufen auf der Seite zu unterbinden, du bist in erster Linie Abfangjäger, nicht zu offensiv rumturnen. Und für Dum jetzt Glowacz in der Spitze. Mende, konzentrier dich auf die eingeübten Laufwege, renn nicht immer auf den Ball zu, nicht immer mit dem Rücken zum Tor, du kannst dir den Torhüter da drüben auch gern mal anschauen, du bist Stürmer. Abprallen lassen kannst du den Ball beim Volleyball. Überhaupt, Volleyball, gutes Stichwort. Wenn ihr körperlos spielen wollt, dann wechselt die Sportart. Tischtennis wär noch was frei. Aber das hier ist Fußball, und so ein Spiel wird nicht gewonnen, wenn ihr nicht zur Abwechslung mal einen Zweikampf gewinnt. Das gilt für alle, auch für unsere Offensivabteilung. Also, Mende mit Glowacz in der Spitze, aber auch der Rest rückt auf, bis zur Mittellinie. Wir pressen im Verbund, Hornig in der Zentrale gibt die Kommandos. 20, 25 Minuten pressen bei Ballbesitz Gegner, bei eigenem Ballbesitz in den ersten Minuten kontrolliertes Spiel, Ballzirkulation, damit wir etwas Sicherheit gewinnen und damit ihr seht, dass im Ball kein Frosch drin ist, der vor euch wegläuft. Ballbesitz heißt Aktion, Ballverlust heißt Reaktion, ist euch dieser Unterschied klar? Je mehr Aktion, umso eher besteht die Möglichkeit, euch Erfolgserlebnisse zu verschaffen. Reaktion heißt auf Deutsch, dass ihr hinterherhechelt wie die dummen Jagdhunde."

Dittmar Detmers schaut in die Runde. Er wirkt ruhig und gefasst.

„So Männer, das Ding ist noch nicht durch. Ihr habt super trainiert die Woche über, das müsst ihr jetzt auch mal abrufen, wenn es ernst wird. Ihr habt es doch drauf! Das ist doch keine Übermannschaft, gegen die ihr da spielt. Die spielen mit Schaum vor dem Mund und haben euch den Schneid abgekauft, aber spielerisch ist das doch Landkundschaft. Limitiert. Wollt ihr gegen diese Kohlkopf-Armee als Verlierer vom Platz gehen?" Detmers hält inne, schaut ein paar seiner Spieler in die Augen. Keine Reaktion. Sofort brüllt er los, in infernalischer Lautstärke:

„WOLLT IHR DAS? WOLLT IHR HIER VERLIEREN?"

„Nein!", „Auf keinen Fall!", kommt jetzt vereinzelt zurück, „Wir drehen das noch!"

„Okay, dann geht jetzt raus und denkt dran: Ihr habt noch 45 Minuten. Überpaced nicht, aber geht da mit Spannung und Wut raus. Holt euch das Spiel zurück! Und wenn ihr nach 90 Minuten vom Spielfeld kommt und hier noch was bewegt habt, dann macht euch keiner einen Vorwurf. Spielt ihr das so luschig weiter wie bisher, ohne Mumm und Willen, dann könnt ihr sicher sein, dass ihr nächste Woche keinen Ball zu sehen bekommt. Dann werde ich euch so lang machen, dass ihr nach jeder Einheit kotzt wie die Kirmesschläger. Und am Wochenende geht's dann in die Sportschule, ins Vierbett-Zimmer. Luxushotels und Playstation könnt ihr dann vergessen, Jungs, dann werden wir euch mal zeigen, wie ehrlicher Fußball trainiert wird."

Die Spieler scharren mit den Fußballschuhen auf dem Boden, die Anspannung wächst. „Also Männer, das muss ja nicht sein", meldet sich wieder Detmers, „geht da raus, dreht das Spiel und alles ist gut! Verstanden?"

Murmeln, Nicken, leichte Bewegung in der Kabine.

„VERSTANDEN??!!"

„JA TRAINER!", brüllen einige Spieler zurück, einige gröhlen nur und klopfen sich selbst anfeuernd auf die Beine oder klatschen in die Hände, ohne etwas Bestimmtes zu rufen. Kurzzeitig kommt Leben in die Kabine.

„Dann raus. Spielt Fußball."

Die Kabine leert sich schnell, die Spieler schlagen sich gegenseitig leicht auf den Rücken oder klatschen sich auf dem Weg zum Platz ab, Zweier- oder Dreier-Grüppchen bilden sich und debattieren energisch über das, was sie in der 2. Halbzeit planen oder besser machen wollen. Trainer

Detmers bleibt mit seinem Co-Trainer und dem Pressebetreuer zurück.

„Krohn, kannst du der Presse mitteilen, wie wir gewechselt haben. Und drück den Schmierfinken bei der Gelegenheit subtil rein, dass diese peinliche ‚Kick & Rush'-Darbietung in der ersten Hälfte nicht auf meinen taktischen Anweisungen basierte."

„Aber dann schreiben die Geier doch, dass Sie die Mannschaft nicht mehr erreichen?", antwortet Krohn.

„Stimmt auch wieder." Detmers kratzt sich am Kinn.

„Dann sag erst mal gar nichts. Und wenn die Messdiener das Ding in der zweiten Hälfte nicht noch drehen, dann suspendiere ich ein oder zwei von ihnen für die Woche, dann haben sie eine Sau, die sie durchs Dorf treiben können."

„Okay, das klingt nach einer guten Idee."

„Machen wir so. Und jetzt raus, wir müssen uns diesen Scheiß ja noch 45 Minutern ansehen."

„Noch was, Dittmar. Das ZDF hat angefragt, die wollen Sie für ein Einspieler-Interview fürs ‚Sport Studio'."

„Kein Studiobesuch?"

„Nee, sie haben schon Breitner und Rummenigge in Mainz, kontroverse Diskussion und so."

Detmers überlegt.

„Wo denn? Auf dem Rasen, nach dem Spiel?"

„Glaube schon, Studio haben die hier nicht aufgebaut."

„Okay, aber nur unter der Bedingung, dass die mir eine Minute netto O-Ton garantieren."

„Gut, klär ich ab."

„Und Krohn?"

„Ja, Dittmar?"

„Lass mir den Club-Anzug aufbügeln und in die Kabine kommen. Den mit den Kragenlogos. Danke."

[DFB – Deutscher Fußball Bund]

Lustige Versammlung älterer Herren, die aus der Entfernung stets wirkt wie ein Kegelklub auf der Jahresfahrt nach Boppard. Sie wählen CDU, halten Recht und Ordnung auf dem Platz für was Feines und Spielfreude für Teufelswerk. Sie sitzen in Frankfurt und in einer Menge Gremien und sich vorzustellen, die Jungs um Theo Zwanziger hätten wie die VW-Bosse Lustreisen nach Brasilien unternommen, brächte selbst Heribert Fassbender zum Lachen. Aber was zum Teufel macht dann Skandal-Präse Mayer-Vorfelder in dem Haufen?

[DFL – Deutsche Fußball Liga]

Nicht immer fühlen sich die Vertreter der Vereine vom DFB gut beraten und verwaltet, deshalb gründeten die Profivereine ihre eigene Interessenvertretung. Das einzige Interesse, das die Clubs eint, ist natürlich, möglichst viel Geld von Fernsehanstalten und Sponsoren abzupumpen, was sie in direkte Konkurrenz zu den Altvorderen des DFB bringt. Die Scharmützel der nassforschen DFL'ler und der ehrpusseligen DFB'ler haben meistens hohen Unterhaltungswert.

[Dreierkette]

Siehe Viererkette. Nur mit einem Mann weniger, der sich stattdessen im Mittelfeld herumdrückt und froh ist, dass er bei dieser intellektuell doch eher anspruchsvollen Verteidigungsvariante nicht mitmachen muss.

[DSF – Deutsches Sportfernsehen]

Aus einem Jugend- und Musiksender hervorgegangener Rundum-Sportkanal mit unbestrittenen Verdiensten wie den Berichten rund um die Zweite Liga und dem unfreiwillig komischen Doppelpass-Stammtisch. Oft aber machen sich die DSF-Amateure auch lächerlich, wenn sie versuchen, großes Sportfernsehen anzubieten. Mittendrin statt nur dabei sind in den entscheidenden Momenten dann nur die Werbeblocks, und wer sich in der Nacht zum DSF verirrt, wird von Sexy Clips überrascht, die auf albernste Weise einen Sportbezug herstellen. Da räkeln sich mollige Mittvierzigerinnen schon mal auf verranzten Billardtischen und dazwischen gibt's Klingeltöne und hübsche 0190-Offerten.

[Eckball]

Früher hieß es auf dem Bolzplatz: Drei Ecken, ein Elfer. Heute dagegen heißt es: Eckenverhältnis 17:3, trotzdem verloren. Ein Eckball gehört beim Fußball zu einer Standardsituation. Und aus einer Standardsituation fallen Tore. Es sei denn, Christian Rahn, ehemals St. Pauli, nun FC Köln, schießt sie. In diesem Fall ruft das Publikum schon während des Anlaufs verzweifelt: „Hoch! Hoch! Hoch!" Meistens vergeblich.

[Elfmeter]

Komische Geschichte. Kriegt immer die andere Mannschaft und meistens unberechtigt. Obwohl Peter Handke da anderer Meinung ist – wahrscheinlich weil der Schreiber noch nie gespielt hat –, hat der Torhüter überhaupt keine Angst davor, sondern der Schütze. Und manchmal zu Recht, wie die Herren Beckham, Kutzop oder Hoeneß auf Nachfrage gern bestätigen werden.

[Field-Reporter]

Militärisch anmutende Umschreibung für die lästigen Feld-Zecken, die von TV-Anstalten nach dem Abpfiff eines Spiels auf die noch aufgeputschten Spieler gehetzt werden. Zeichnen sich durch investigatives Talent aus: „Wie fühlen Sie sich jetzt, nachdem ein Eigentor von Ihnen in der letzten Minute das Spiel entschieden hat?" Stehen in der Redaktionshierarchie weit unten, was uns im Fall von Rolf Töpperwien echt Sorgen macht. Gefühlte 200 Jahre steht der jetzt schon auf Fußballplätzen in der Kälte und hält seine basedowschen Glubscher auch bei den Antworten der Spieler frech in die Kamera.

[Funktionär]

Meistens ehrenamtlicher Frührentner mit zu viel Zeit und einer glorreichen Vergangenheit als Spieler in dem Verein, für den er nun die Kasse führt oder als Platzsprecher fungiert. Ist entweder ein grundguter Moralist, der gerne was in der Gemeinschaft erlebt und noch fehlerlos aus der Liederfibel zitieren kann. Oder ein hundsgemeiner Wichtigtuer, der sich über das Ehrenamt mit Bedeutung aufladen und dem Trainer in die Aufstellung pfuschen will. Faustregel: Je höher die Liga des Vereins, umso unverträglicher die Riege der Funktionäre.

[Fußballpräsident]

Ehemaliger Lokalpolitiker oder regionaler Geschäftsmann, der über ein mittleres Vermögen verfügt und das auch gerne raushängen lässt. Hat früher selbst mal gegen den Ball getreten, aber nicht so doll, und möchte gern hin und wieder im Fernsehen bestätigen, dass man über einen Trainerrauswurf momentan nicht nachdenkt, und dass die Spieler, die faulen Hunde, jetzt in der Verantwortung stehen.

[Fußballschule]

Ball-Bildungszentrum für Kids und Erziehungsberechtigte, die früher „Eiskunstlauf"-Eltern geworden wären, aber nun gehört haben, dass sich mit Fußball mehr Geld machen lässt. Die Fußballschule wird von Leuten wie Rudi Völler oder Guido Buchwald gegründet und offiziell betrieben, aber sehen lassen sich die Zugpferde der Veranstaltung nur einmal im Jahr beim Tag der offenen Tür. Die Trainer, die hier mit wichtiger Miene adipöse 12-Jährige über den Platz scheuchen, haben alle wichtigen Diplome und zweimal in Liga 3 gespielt. Dafür befindet sich die Fußballschule aber gern mal auf Mallorca oder Sylt.

Interessante Paarungen, sechster Teil

[Wir wünschen dem Spiel einen sportlichen, friedlichen Verlauf!]

Trainer:
Amen Hussein
(Jemen)

Myong Gil Kim
(Nordkorea)

Francesc Ramirez
(Andorra)

Francisco Tarantino
(Spanien)

Andres Escobar
(Kolumbien)

Gonzalo Castro
(Bayer Leverkusen)

Fuad Amin
(Saudi-Arabien)

Al Saadi Ghadaffi
(Libyen)

Nacho Franco
(Spanien)

Simone del Nero
(Italien)

Daniel Noriega
(Venezuela)

Savo Milosevic
(Serbien-Montenegro)

Uwe Bormann
(HSV)

Steffen Heidrich
(Energie Cottbus)

Norbert Bartsch
(Unterhaching)

Heinz Poll
(Rot-Weiß Oberhausen)

Fritz Pott
(1. FC Köln)

Manfred Kroll
(FC Ingolstadt 04)

Jürgen Pommerenke
(FC Magdeburg)

Freddy Heß
(Darmstadt 98)

Bernd Eichmann
(FC Saarbrücken)

Günter Haarmann
(Bayer Leverkusen)

Herbert Heider
(FC Nürnberg)

Trainer:
Günter Rommel
(Pfullendorf)

[Kabine]

Mystischer Ort, in dem „Außenstehende“ nichts verloren haben. Vermutlich würden „Außenstehende“ auch lieber in einem Erdloch hocken als in so einer Kabine, wenn sie wüssten, was tatsächlich darin passiert: Erwachsene Männer schmieren sich vor dem Spiel Gel in die Haare, furzen ins Trikot und simulieren höchste Konzentration, während ein Masseur die Oberschenkel der Spieler mit pferdepisseähnlichen Extrakten einreibt – es riecht jedenfalls genauso. Ein Trainer hält noch einmal eine kurze Rede, die er im Grunde auch auf CD brennen und immer wieder abspielen könnte, das ist wie bei der Neujahrsansprache des Bundespräsidenten. Und nach dem Spiel sieht es in so einer Kabine aus wie nach einem Bombenangriff, und das ist dann die Stunde von einem Typen mit Knollennase, der Ede oder Günni heißt und behauptet, er sei der Zeugwart.

[Kapitän]

So was wie der Klassensprecher einer Mannschaft. Wichtig fürs Image und Ego von Spielern, aber in der Regel nutzlos. Außer: bei Prämienverhandlungen und dem Anstimmen von Vereinsliedern. Auch auf dem Platz hat so ein Rasen-Kapitän eine Vorbildfunktion. Er darf dem Schiedsrichter sozusagen offiziell seine Meinung geigen, was er mit dem erregten Hinweis auf die Kapitänsbinde auch immer wieder gerne tut. Das schützt ihn aber selten vor gelben Karten. Ach ja: Vor dem Spiel durfte er bei der Platzwahl früher einen Wimpel überreichen – den gibt's aber heute kaum mehr.

[Kick & Rush]

Haben die Engländer erfunden, wie kombinationsfreudigen Lesern schon aufgefallen sein dürfte, und bezeichnet eine eher unelegante Form des Fußballspiels. Egal, wo der Ball sich befindet oder die einzelnen Mitspieler sich gerade aufhalten: Der Ball muss hoch und weit nach vorne gedroschen werden, und dort stürzen sich dann stiernackige Stürmer in Zweikämpfe, die an Bus-Karambolagen erinnern. Mit dieser einfallslosen Stilform sind schon seit Jahren keine großen Siege mehr zu erzielen, was viele Mannschaften aber nicht davon abhält, genau so zu Werke zu gehen. Verständlich: kann jeder.

[Kicker Sportmagazin]

Fußballzeitung für ‚BILD'-Zeitungsleser, die ein bisschen mehr über die Wadenverletzung ihres Lieblingsspielers wissen wollen und die neckische Fragebögen oder Kommentare darüber lesen wollen, warum der Fußball von Chelsea böse, der von Werder Bremen aber solide und grundehrlich ist. Highlights immer die putzigen Überschriften, mit der ‚Kicker'-Redakteure ihre Vorliebe für die Alliteration oder ihren hintergründigen Witz zum Ausdruck bringen: „Stein versteinert" oder „Völler verhungerte" wären zum Beispiel durchaus kickertauglich. Ganz großer Sport aber die Berichtigungen eigener Schlampereien: „Durch einen Übertragungsfehler erhielt der Spieler Derbfuß beim letzten Auswärtsspiel von Carl Zeiss Jena bei Preußen Münster die Note 3,5 statt der gemeldeten 4." Na herzlichen Dank, das ist ja gerade noch mal gut gegangen.

[Koks]

Spielt im Fußball zum Glück keine Rolle, weil böse. Der Trainer mit dem irren Blick, der sich vor Jahren freiwillig einer Haarprobe unterzog, um seine Unschuld zu beweisen, lebt inzwischen geläutert in Istanbul, behält aber seine Haare sicherheitshalber auf dem Kopf.

[Kurzpassspiel]

Von Fußballästheten erfunden und so ziemlich das Gegenteil von Kick & Rush: Eine technisch beschlagene Mannschaft versucht den Ball schnell in den eigenen Reihen zirkulieren zu lassen und dabei möglichst in die Nähe des gegnerischen Tores zu kommen. Hört sich gut an, hat aber einen Haken: Es gehören laufbereite Spieler dazu. Renner! Und hier wird's von der Oberliga abwärts schon dünn.

[Kreisklasse]

So ziemlich die unterste Liga, in der Menschen organisiert, also abseits von Bolzplätzen im Stadtpark, Fußball spielen können. Es sieht zwar nicht immer elegant aus, was dort geboten wird, aber die Simulation des großen Fußballs mit Viererketten, Handgeldern und wahnsinnigen Funktionären kann man dort auch erleben – und meistens viel näher dran als bei der Profitruppe Ihres Vertrauens. Die lebende Pudelmütze Ulli Potofski hat den Charme des Basis-Ruppens erkannt und beim DSF eine gleichnamige Sendung an den Start gebracht, die sich um den kleinen Fußball müht. Sehr charmant.

[Leo]

Guter Freund des Torhüters, denn der schreit seinen Namen im Spiel immer wieder. Heißt aber nichts anderes als „Lass!", „Weg da!" oder „Ich habe ihn". Die eigenen Mitspieler ziehen sich dann diskret zurück und verlassen sich auf ihre Nummer eins. „Lass" oder „Weg da" hat der DFB verboten, und längere, ausgefeilte Aufforderungen, doch den ankommenden Ball freundlicherweise zu überlassen, sind nicht wirklich zweckdienlich. Natürlich dürfen auch Feldspieler den eingebildeten Mitspieler zu Hilfe rufen. Aber warum der nun „Leo“ heißt und nicht „Ole“ oder „Horst“, das weiß nur der Fußballgott.

[Libero]

Phantasiefigur von Fußball-Nostalgikern. Angeblich sei der deutsche Kaiser, Franz der Einzigartige, früher ein solcher gewesen. Beweisen kann das niemand. Der Libero ist wie das Ungeheuer von Loch Ness. Irgendwer behauptet immer, er hätte neulich erst mal wieder einen gesehen, doch nur Otto Rehhagel glaubt noch ernsthaft daran, dass es ihn gibt.

Sondersektion

[Guten Abend allerseits. Gute Nacht, Heribert Faßbender]

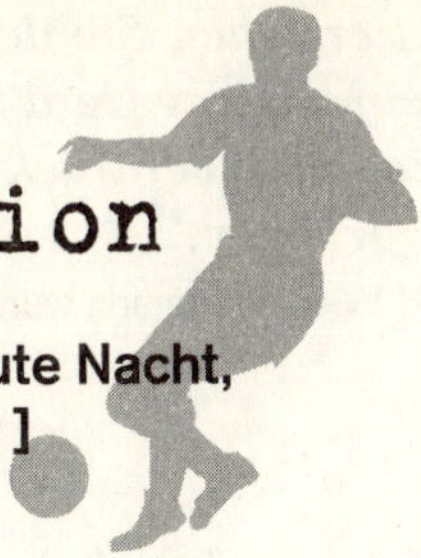

„*Hier nutzt er die ganze* **Höhe** *des Platzes.*“ Da irrte Heribert.

„*Es steht* **1:1**, *genauso gut könnte es umgekehrt stehen.*“
Er hilft, wo er kann.

„*Nicht verwandt mit dem* **Schlagersänger** *… der heißt übrigens gar nicht so!*“
Über den Spieler Rebrov, der unseren Ivan vermutlich nicht kennt. Und ja auch gar nicht so heißt. Und überhaupt.

„*Und jetzt skandieren die Fans wieder:* **Türkiye! Türkiye!**, *was so viel heißt wie Türkei! Türkei!*“
Glücklicherweise war Heribert auf einer höheren Schule.

„**Koeman**. *Der heißt schon so. Dem würde ich auch nicht über den Weg trauen!*“ Heribert, ein guter Deutscher!

„*Hier sehen Sie den schottischen Schiedsrichter* **McCurry**. *Mein Kollege Gerd Delling hat vorhin schon eine gleichnamige* **Wurst** *verdrückt. Ich werde mir das bis nach dem Spiel verdrücken.*“

Und Waldi Hartmann wurde (nur) wegen drei Weißbier angepflaumt!

„*Jetzt sind auch die* **Fans** *begeistert. Sie singen: Oh, wie bist du schön!*“ Wer jetzt?

„*Tagsüber, wenn die* **Sonne** *scheint, ist es hier noch* **wärmer**!“

Auf Teneriffa, wo sich Heribert profunde Kenntnisse über das dortige Klima angelesen hat.

„*Sie sollten das* **Spiel** *nicht zu früh abschalten. Es kann noch* **schlimmer** *werden.*“ Heribert, der Profiverkäufer

„*Fußball ist inzwischen Nr. 1 in* **Frankreich**. *Handball übrigens auch.*“

Und Basketball, und was ist eigentlich mit Eishockey, Boule?

„*Da singen sie: We are* **red**, *we are* **white**, *we are Danish Dynamite – Wir sind rote, wir sind weiße wir sind dänische …, äh …*“ Knallköpfe? Wir helfen, wo wir können.

[Loge]

Von der Oper hat's die Loge jetzt auch ins Fußballstadion geschafft. Da sitzen dann die Gäste von Sponsoren, die drei Punkte für was halten, das Augenschwache auf dem Ärmel tragen, aber dafür 90 Minuten lang gastronomisch ambitioniert versorgt werden.

[Maskottchen]

In der Regel alberne Stofftierchen in Überlebensgröße, die auf dem Platz herumhüpfen und Begeisterung simulieren. Werden gern mal von Fans ausgefüllt, die sich hier zum Narren machen, nicht mal Geld dafür verlangen, aber – und das ist die gute Nachricht – wenigstens unerkannt bleiben. Eine löbliche Ausnahme ist der echte Geißbock, den der FC Köln traditionell als Glücksbringer angestellt hat. Dem Vieh, das man samstags vermutlich gegen seinen Willen ins Rhein-Energie-Stadion schleppt, ist so ein Fußballspiel geißegal, wenn man den Gesichtsausdruck richtig interpretiert. Aber ein gefährlicher Job ist es schon: Von gegnerischen Fans wurde so ein Maskottchen-Bock einmal im Stall heimtückisch ermordet!

[Mäzen]

Aussterbende Gattung im Fußballsport, weil sich amtliches Mäzenatentum im Millionengeschäft der Bundesliga von profilneurotischen Mittelständlern kaum mehr finanzieren lässt. Der Mäzen alten Stils war der Präsident, was oft nur hieß, dass er repräsentative Aufgaben übernahm und die

Schatulle öffnete, wenn seine Geschäftsführer und Manager wieder Misswirtschaft betrieben hatten. Der Mäzen von heute – wie etwa der Nürnberger Roth – wollen auch im operativen Geschäft den Hut aufhaben, was meistens aber aus Zeit- oder Kompetenzgründen ordentlich in die Hose geht.

[Nachspielzeit]

Ist häufig geprägt von absurder Hektik und dem Versuch der zurück liegenden Mannschaft, in drei Minuten zu besorgen, was in den neunzig Spielminuten davor versäumt worden ist. Die Dauer der Nachspielzeit wird inzwischen vom so genannten vierten Schiedsrichter auf einer Tafel angezeigt, um dem Unmut des Publikums zu entgehen. Wird aber nicht von jedem verstanden, wie sich zeigte, als bei einer WM einmal das Täfelchen mit der „eins" hochgehalten wurde. TV-Wurst Rubenbauer stammelte fassungslos: „Jetzt wechselt Jamaica den Torhüter aus!"

[Nummer 10]

Renommier-Rückenziffer für den technisch begabten Spieler, der sich auch gern Regisseur oder Spielmacher nennt. Eine typische Nummer 10 stürzt sich nicht gern in Zweikämpfe und verweigert auch Kopfballduelle im Hinblick auf sein zartes, sensibles Naturell, dafür kommt er gern aus der Tiefe des Raumes und wartet auf eine Situation, in der er den „tödlichen Pass" spielen kann. Mit schlechtem Wetter, miesen Bodenverhältnissen und hartnäckigen Gegenspielern kommt der Zehner nur ganz schlecht zurecht, dann nimmt er sich am liebsten eine neunzigminütige Auszeit und beklagt den Niedergang des schönen Fußballs. Stirbt im modernen Fußball gerade aus, weil im schnellen Systemfußball als Bremser enttarnt.

[Oddset]

Nachfolger von Lotto, Toto, Rennquintett ohne den verstaubten Nachkriegscharme. Das Volk spielt und riskiert halt gern, und an der Werbeflut des bekanntesten Wettanbieters kann man in etwa ablesen, wer hier am Ende die Gewinne einstreicht. Ohne Oddset gäb's allerdings Hoyzer nicht, und das wäre ja wirklich eine Schande.

[Platzverweis]

Einer darf nicht mehr mitspielen, ein Kommentator meldet aufgeregt einen „roten Karton" und der Co-Kommentator im Fernsehen reagiert mit der Reflex-Floskel: „Es ist ja oft so, dass eine Mannschaft mit 10 Spielern besser spielt als mit 11." Der Platzverweis wird gegen einen Spieler ausgesprochen, wenn er besonders derb getreten hat, häufiger aber, wenn er nach einem Foul gegen sich selbst direkt auf Rache aus ist und seinen Gegenspieler niederstreckt, tritt oder sonstwie angreift. Auch die Schiedsrichterbeleidigung ist sehr beliebt. Zwar macht es dem Mann an der Pfeife selten etwas aus, wenn das Spiel brutaler geführt wird als eine Schwergewichts-WM von Vollkontakt-Kickboxern. Aber wehe, eines der armen Würstchen im Trikot wagt es, eine seiner Entscheidungen anzuzweifeln oder äußert die Absicht, Geschlechtsverkehr mit dessen Familie zu vollziehen – schon kann sich das kickende Heißblut den Spaß von draußen ansehen.

[Premiere]

Vollversorger für den Fußballjunkie. Abgesehen von der Vorliebe, Bayern-Fürsten wie Matthäus, Hitzfeld und den Kaiser als Spezialisten im Studio zu platzieren, ist Premiere das Paradies für den wahren Fußballfreund: parallel alle Spiele der Bundesliga live, alle Spiele der Champions League live, internationale Ligen – das Sportportal von

Premiere ist 24 Stunden am Tag anschaubar. Und wenn ab und zu auch noch ein verpasster Kinofilm auf Premiere nachgeholt werden kann – keine Werbeunterbrechung –, weiß man, warum der Sender von Medien-Fürst Kofler feiste Abo-Preise aufruft. Aber dafür gibt's auch Marcel Reif statt Johannes Baptist Kerner, und Chelsea gegen Arsenal statt Deutschland – China.

[Rasenheizung]

Unterirdische Verrohrung, die mehr kostet als ein Altenheim in Leipzig, und angeschafft wurde, um professionellen Fußballspielern auch im Winter die Möglichkeit zu offerieren, ihrem Job nachzugehen. Fällt manchmal aus, dann gibt's Ärger mit dem DFB.

[Saisonvorbereitung]

Synonym für die periodisch wiederkehrende Leidenszeit des Fußballspielers. Einen Monat vor dem ersten Spiel der neuen Saison kommen die Kicker zum ersten Mal zusammen, um sich der Lokalpresse zu stellen. Danach werden sie wochenlang durch Wälder, Wiesen und Rundparcours gequält, um sich genügend Ausdauer für die Saison zu beschaffen. Die technisch begabten Faulpelze und sicheren Stammspieler verabschieden sich in dieser Zeit in den Jahresurlaub, weil sie wissen, dass sie trotzdem mitspielen dürfen. Es sei denn, sie sind Profis und werden für ihre Qual bezahlt. Dann allerdings befinden sie sich auch nicht in so einer popeligen Saisonvorbereitung, sondern in einem Laufcamp auf Dubai.

Interessante Paarungen, siebter Teil

[Was rockt, Alter?]

Trainer:
Emerson Leão
(Brasilien)

Daurance Williams
(Trinidad)

Petr Gabriel
(Tschechien)

George McCartney
(Nordirland)

Alexander Wood
(USA)

Ernie Stewart
(USA)

Ray Richards
(Australien)

Neil Lennon
(Nordirland)

James Collins
(Wales)

Robert Page
(Wales)

Andy Townsend
(Irland)

Paul Gallagher
(England)

Torsten Holm
(Jahn Regensburg)

Olaf Marschall
(Dynamo Dresden)

Michael Petri
(SV Elversberg)

Dirk Anders
(MSV Duisburg)

Andreas Kaiser
(Fortuna Düsseldorf)

Hermann Lindner
(RW Essen)

Daniel Blanco
(Fortuna Köln)

Axel Roos
(FC Kaiserslautern)

Christoph Kunze
(Stuttgarter Kickers)

Jörg Horn
(Borussia Dortmund)

Dragomir Ilic
(Werder Bremen)

Trainer:
Sir Alf Ramsey
(England)

[Schiedsrichter]

Beamtenseele ohne auffallende Talente oder sportliches Geschick, der es auf diesem Weg auch mal allen zeigen kann. Ist auf unterer Amateurebene meistens schwerer zu ertragen als ein Auffahrunfall unter Beteiligung eines Lasters. Selbst auf professioneller Ebene begegnet man mehr Willi Wichtigs als beim Tag der offenen Tür des BMW-Zentrums in Ihrer Stadt. Ausnahmen wie die lustigen Heynemann, Ahlenfelder oder Eschweiler bestätigen die Regel. Seit Hoyzer aber hat selbst der DFB registriert, dass man als installierte Pfeife nicht automatisch Charakterstärke und Unbestechlichkeit mit auf den Platz bringt, nicht mal in Deutschland.

[Schiedsrichterbetreuer]

Lange Zeit ein Job für vertrauenswürdige Ehrenamtliche, die das angereiste DFB-Gespann am Zug abholte, zum Essen ausführte und einen kleinen Präsentkorb überreichte. Die Größe dieser frohen Gaben wurde irgendwann vom DFB limitiert, doch früher soll es vorgekommen sein, dass die braven Schiris zu Zechgelagen in Begleitung junger Damen eingeladen wurden. Und alles nur, damit er sich am nächsten Tag daran erinnert, wenn der Spieler der Heimmannschaft im Strafraum auf die Nase fällt. Das gibt es natürlich heute alles nicht mehr, nein. Nicht in Deutschland. Auf keinen Fall.

[Sponsoren]

Im Fußballgeschäft haben Firmen, die ihre Strukturen verschlanken und neulich noch 3000 Angestellte „freisetzen“ mussten, eine schöne Möglichkeit gefunden, ein paar Millionen im Jahr zu verpulvern. Dafür läuft dann die Truppe ihrer Wahl mit dem Firmenlogo auf der Brust herum und der Vorstand samt Aufsichtsrat besetzt im Stadion die besten Plätze.

[Tango]

Dieser bekloppt aussehende Tanz für Schmierulanten und stolze Südländer ist hier nicht gemeint. Es geht um das Runde, welches ins Eckige soll: Der Tango ist für den Ball das, was der Coppa Mundial für den Fußballschuh ist: die Nummer eins. Wurde 1978 zur WM entwickelt und hat mit diesen Lutschkugeln, die momentan modern sind, glücklicherweise wenig zu tun. Old-School-Gerät für Kenner!

[Tor]

Sinn der Sache. Fällt meistens auf der falschen Seite.

[Torjubel]

War früher ein schöner Anlass für den Schützen, seinen liebsten Mitspielern um den Hals zu fallen und sich knuddeln zu lassen. Ist heute etwas zutiefst Verabscheuungswürdiges, wenn Spieler wie zum Beispiel die Brasilianer von Real Madrid Choreographien einstudieren und eine Kakerlake imitieren. Auch das manische Zeigen auf die eigene Rückennummer oder der dankende Blick hoch zum Schöpfer wirkt unangenehm. Schlimm auch die Babywiege, das über den Kopf gezogene Trikot oder der Sturmlauf zum dritten Masseur, der das Tor drei Wochen vorher schon prophezeit hat: „Danke, Mann!“ Erlaubt hingegen drei

Salti mit eingesprungenem Kasatschok (weil technisch schwierig) oder der Lauf in die Kurve (weil sozial). Die sympathischste Art, das eigene Tor zu bejubeln, ist allerdings nach wie vor, zum Vorbereiter des Tors zu eilen und brav danke zu sagen. Ist doch immer noch ein Mannschaftssport.

[Torwarttrainer]

Ungefähr der achte Trainer, den so ein richtiger Bundesligaverein im Tross beschäftigt, hat früher selbst das Tor des Heimatclubs gehütet und pflegt in der Regel ein besseres Verhältnis zu den Fans, als die momentane Nummer eins. Er wird besser bezahlt als der Direktor der örtlichen Sparkasse und kann, wenn er es klug anstellt, zwölf Cheftrainer überleben, ohne dass irgendjemand fragt, was *er* denn eigentlich da macht. Er hat früh Feierabend und ist ohne jede Verantwortung, das Einzige, was von ihm erwartet wird, ist, dass er seinen Schützling mindestens einmal pro Saison als nationalmannschaftsreif an die ‚BILD'-Zeitung meldet.

[Transfer]

Hat nichts mit dem Bus vom Flughafen zum Hotel zu tun, sondern bezeichnet den banalen Verkauf eines Spielers von Verein A zu Verein B. Ein solcher Transfer ist meist nicht billig, und wer es schlau anstellt und gut spielt, hat sich nach spätestens drei dieser Verkaufsbewegungen so gestopft, dass er nie wieder arbeiten muss. So ist wohl der Spruch von Erwin Kostedde zu verstehen, der nach Karriereende seine Zukunftspläne sinngemäß in einen Satz packte: „Ich will nur noch an der Theke stehen und saufen!" Schön, wenn man noch Ziele hat.

[Trikots]

Geschmacksneutrale Fetzen in vielen changierenden Vereinsfarben, meistens in XXL-Einheitsgrößen angeschafft. Der örtliche Elektrohändler hat sie gestiftet, was dem asymmetrischen Brustaufdruck zu entnehmen ist, selbst die Hosen sind schon mit Verbraucherinformationen besetzt. Werden von Bundesligavereinen in großer Zahl an Fans verramscht, das heißt dann Mörtchendeising.

[TV-Beweis]

Früher, als die Fernsehkameras noch nicht jedes popelige Spiel aus dem Zweitliga-Mittelfeld überwachten, konnten sich die gröberen Gesellen der Fußballersippschaft noch den ein oder anderen ungesühnten Griff in die Weichteile des Gegenspielers erlauben, oder auch mal eine Kopfnuss, wenn es sein musste. Heutzutage aber wird sogar eine Rotzattacke mit Musikbegleitung in Superzeitlupe aufbereitet, weil immer ein aufmerksamer Kameramann zur Stelle ist. Und wenn der zuständige Schiedsrichter – wie meistens – nichts von dieser heimtückischen Aktion mitbekommen hat, petzen die TV-Sender und präsentieren diese unerhörte Begebenheit exklusiv. Reflexhaft tritt dann das DFB-Gericht zusammen und straft den Übeltäter ab. Schöne, neue Welt.

[Vereinskneipe]

Meist verräucherte und von einem Farbenblinden eingerichtete Lokalität, in der das Bier etwas billiger ist als im Bistro nebenan. Sie wird von einem Typen geführt, der Günni oder Hoppi heißt und früher mal die Stütze des Vereins war, als der noch in der obersten Klasse spielte. Diese Zeiten sind heute zwar vorbei, aber völkerballgroße Frikadellen mit Senf gibt's in der Hammonia-Klause nach wie vor. Und auch die Skat spielenden Grantler sind noch da, die sich kein Training der ersten Mannschaft entgehen lassen und sich Woche für Woche wundern, dass von den Bratwürsten überhaupt mal einer den Ball trifft.

[Viererkette]

Wird nicht beim Juwelier bestellt, aber oft genauso teuer bezahlt. Spieler nämlich durchblicken diese moderne Verteidigungsformation höchst selten und kassieren eine Menge Tore, nach, ich zitiere den eigenen Trainer „individuellen Fehlern“. Meistens muss nur der Ball in die „Schnittstelle der Kette“ gespielt werden, denn wenn die „Laufwege“ der Spieler nicht stimmen, dann fallen wieder mal „unnötige Treffer in der Vorwärtsbewegung“. Oder so.

[Vierter Schiedsrichter]

Im Zuge der Bürokratisierung des Fußballs hat die FIFA dem Schiri und seinen beiden Linienrichtern einen weiteren Mann zur Seite gestellt. Der wacht darüber, dass die Trainer der beiden agierenden Mannschaften die so genannte „Coaching Zone“ nicht verlassen und hält in der ersten und zweiten Halbzeit ein Täfelchen hoch, auf dem die Nachspielzeit angezeigt wird. Ebenfalls im Verantwortungsbereich des vierten Mannes: Kontrolle der Stollen aller Einwechselspieler. Da kann man schon mal den Überblick verlieren, was? Aber der chronisch unterbeschäftigte Mann am Rand des Geschehens weiß sich schon zu beschäftigen – meistens quält er die armen Übungsleiter mit pädagogisch wertvollen, mahnenden Gesten, wenn diese nur einen halben Meter aus ihrem eingezäunten Laufstall heraustreten.

Sondersektion

[Heulen und Zähneklappern mit Andi Möller]

„*Andreas Möller von Schalke 04 sitzt nunmehr seit 72 Stunden im* **Entmüdungsbecken***: Seine Eltern haben vergessen ihn abzuholen.*“ Olli Dittrich

„*Ich hatte vom* **Feeling** *her ein gutes Gefühl.*“
Aber er war leider nicht lucky genug, Lothar Matthäus in der Nähe zu haben.

„*Mailand oder Madrid –* **Hauptsache Italien**!“
Pisa zeichnete sich bereits früh ab.

„*Mein Problem ist, dass ich immer sehr* **selbstkritisch** *bin, auch mir selbst gegenüber.*“
Und das ist nur das kleinste der Probleme.

„*Ich habe mit Erich Ribbeck telefoniert, und er hat zu mir gesagt, ich stehe für die* **Maltareise** *nicht zur Verfügung.*“
Dieses Gespräch wird demnächst von Bully Herbig verfilmt.

„*Das ist eine* **Deprimierung.**" Absolut.

„*Der Basler, der ist eh* **doof.**"
Das läuft auf einen Indizienprozess hinaus.

„*Wir sind an ein* **Limit** *gekommen, wo es im Moment nicht darüber geht.*" Aber natürlich arbeitet er weiter daran.

„*Der muss sich mal einen* **hinter die Binde kippen**, *damit er lockerer wird.*"
Über seinen Dortmunder Vereinskollegen Matthias Sammer. Tja …

„*Das belastet mich nicht, wenn die immer* **Heulsuse** *rufen. Wer so viel einstecken muss wie ich, weint nicht mehr als andere* **Männer** *auch.*"
Das kommt dabei raus, wenn man sich Heino zum Vorbild nimmt.

„… *das ist* **systematisch** *für unsere Mannschaft.*"
Aber dafür spielt sie ohne jedes Symptom.

Die 10 Gebote

[Exklusiv für Spielerfrauen]

Du sollst dir einen Spieler aussuchen, der ganz sicher Nationalspieler wird, andernfalls müsstest du selbst irgendwann mal wieder arbeiten gehen.

Du sollst dir bereits als junges Mädchen eine Menge Plastikscheibchen einstecken, damit du dich schon mal an die diversen Kreditkarten in deiner Handtasche gewöhnen kannst.

Du sollst dir blonde Strähnchen machen lassen.

Du sollst einen VHS-Kurs in Betriebswirtschaftslehre machen, auch wenn das ein ambitioniertes Unterfangen sein sollte. Wenn du später seine Verträge aushandelst wäre es von Vorteil, den Unterschied zwischen brutto und netto zu kennen.

Du sollst den Manager eines Fußballvereins glücklich machen und ihn bei Vertragsverhandlungen mit deinen Talenten bekannt machen. Möglichst mit beiden.

Du sollst auf der Tribüne hocken und deinem Mann ganz doll die Daumen drücken.

Du sollst mit einer Boulevardzeitung eine Homestory machen und nicht vergessen zu erwähnen, dass du es ganz schön doof findest, dass der Trainer Geschlechtsverkehr vor dem Spiel verboten hat.

Du sollst deinen Mann auf seinem beruflichen Werdegang (auch: Karriere) von München nach Berlin über Hamburg begleiten und ihm drei großartige Kinder schenken, die einmal im Jahr Stadt, Schule und Freunde wechseln, bis ihr Mann ausgerechnet in Wolfsburg einen Job „nach der Karriere“ angeboten bekommt.

Du sollst deinen Mann am Ende seiner aktiven Laufbahn verlassen, weil ihr euch auseinander gelebt habt, und eine Liaison mit einem Teammanager oder einem TV-Kommentator eingehen, weil so ein Schritt Perspektiven bietet.

Du sollst nach angemessener Schamfrist ein Buch über die Zeit mit dem Fußballer schreiben und anschließend die Moderation eines Erotik-Magazins auf Pro 7 übernehmen.

Weltspiegel für Anfänger

[Wahrheiten zwischen Globus und Lokus]

„*Unsere Jungs müssen rechtzeitig im Stadion sein, bevor die Deutschen die* **Handtücher** *ausbreiten können.*“
Stan Boardman (englischer Komiker vor dem EM-Spiel England-Deutschland)

„*Bei der* **Fußball-WM** *habe ich mir Österreich gegen Kamerun angeschaut. Auf der einen Seite* **Exoten**, *fremde Kultur, wilde Riten – und auf der anderen Seite Kamerun!*“
Dieter Nuhr, ethnologisch ambitioniert, nach einem Besuch im Trainingslager der Österreicher.

„*Ich bin mir sicher, unserer* **Mannschaft** *wird nichts passieren.*“ Berti Vogts, optimistisch, als Mannschaftskapitän bei der WM 1978 in Argentinien zur Folterpraxis des dortigen Militärregimes.

„*Lieber* **arbeitslos** *als Österreicher.*“ Claus Reitmaier, mit vaterländischer Gesinnung, 1991 beim Wiener SC vor die Wahl gestellt zwischen Vertragsverlängerung mit österreichischem Pass oder Entlassung.

„*Die* **Schweden** *sind keine* **Holländer** *– das hat man ganz genau gesehen.*“

Franz Beckenbauer, gewiss, weil er gegen beide schon gespielt hat.

„*Die Brasilianer sind ja auch alle* **technisch serviert**.“

Andreas Brehme, unschlüssig, ob er über Autobau oder Copacabana-Küche spricht.

„*Es muss geklärt sein, ob ich dort mit meinen* **Hunden** *spazieren gehen kann, ohne dass sie in einem* **Kochtopf** *landen.*“

Jörg Albertz, fürsorglich, bevor er in die chinesische Liga wechselte.

„*Man sollte nicht Sachen* **aufwirbeln**, *die Jahrhunderte zurückliegen.*“

Mario Basler, historisch bewandert, über den jugoslawischen Bürgerkrieg.

„*Liebe Zuschauer, meine Kollegen haben geackert wie die* **Kümmeltürken**, *um Ihnen diesen Bericht noch zeigen zu können!*“

Adi Furler, bewundernd, über Fremdarbeiter in der Sportschau-Redaktion.

„*Hätten wir 1918 die deutschen Kolonien nicht verloren, hätten wir heute in der* **Nationalmannschaft** *auch nur Spieler aus* **Deutsch-Südwest**.“

Gerhard Mayer-Vorfelder, bedauernd, über die Wettbewerbsnachteile des Vaterlands.

„*Jung, ich komm aus* **Bottrop** *– da wirsse getötet, wenne datt inne* **Muckibude** *machs!*“

Willi Landgraf, auf die Frage, ob er schon mal Step-Aerobic gemacht habe.

„*Deutschland besiegt die Amerikaner auf französischem Boden. Viele ältere Zuschauer hatten* **Tränen** *in den Augen!*“

Harald Schmidt, während der WM 1998.

„*Wir hätten den Afrikanern niemals das* **Fußballspielen** *beibringen dürfen. Sie haben eine genetische Veranlagung zu hartem Spiel.*“

Morten Olsen, nach dem 1:1 gegen Senegal in der WM-Vorrunde 2002.

Short Cuts

[50 Infos, auf die wir gewartet haben]

Die erfolgreichsten Eigentorschützen der Fußballbundesliga

Manfred Kaltz	1971–1991	6
Per Röntved	1972–1979	5
Tomasz Hajto	1997–2005	4
Franz Beckenbauer	1965–1982	4
Uwe Kliemann	1970–1980	4
Ludwig Müller	1964–1975	4
Michael Klinkert	1987–1999	4
Karlheinz Geils	1974–1989	4
Walter Oswald	1977–1991	4
Wilfried Hannes	1975–1988	4
Ditmar Jakobs	1972–1989	4
Thomas Helmer	1985–1999	4
Gerd Zimmermann	1969–1980	4

Die höchsten Siege der Bundesliga

Borussia Mönchengladbach – Borussia Dortmund	12:0
Borussia Mönchengladbach – Schalke 04	11:0
Bayern München – Borussia Dortmund	11:1
Borussia Dortmund – Arminia Bielefeld	11:1

Torhüter als Torschützen

Chilavert (Paraguay)	62 Tore
René Higuita (Kolumbien)	41 Tore
Jorge Campos (Mexico)	40 Tore
Hans-Jörg Butt (Deutschland)	25 Tore
Jens Lehmann (Deutschland)	1 Tor

Bekannte Spielerfrauen

Gaby Schuster, Gattin von Bernd

Claudia Effenberg, geschiedene Strunz, Gattin von Stefan

Sylvie van der Vaart, Gattin von Rafael

Bianca Illgner, Gattin von Bodo

Angela Häßler, Ex-Gattin von Thomas „Icke" Häßler

Victoria Beckham, Gattin von David

Übelste Beschimpfung der eigenen Spieler

Edgar Geenen, Manager des FC Nürnberg:
„Ihr seid Abschaum, wie die Lepra"

Peinlichster Hotellobbyismus

Carsten Pröpper, Chiclana 1996, Trainingslager St. Pauli:
urinierte in die Hotelpalme

Ehrenpräsident des FC Halle, seit 1990

Hans-Dietrich Genscher

Bundesligavereine von Michael Spies

VfB Stuttgart

Karlsruher SC

Borussia Mönchengladbach

Hansa Rostock

Hamburger SV

Dynamo Dresden

VfL Wolfsburg

Spielvereinigung Unterhaching

Postanschrift von Schalke 04

Ernst Kuzorra Weg 1

Erfolgreichster Bundesligaabsteiger

Andreas Keim, fünf Mal

Alle Nationalspieler, die von der WM aus disziplinarischen Gründen vom Bundestrainer nach Hause geschickt wurden:

Siggi Haringer, 1934, aß Apfelsine auf dem Bahnsteig.

Uli Stein, 1986, nannte Franz Beckenbauer einen Suppenkasper.

Stefan Effenberg, 1994, zeigte den deutschen Fans nach dem Spiel gegen Südkorea den Stinkefinger.

Das Gedicht

Hans-Hubert Vogts trat im Dezember 1993 auf der Amerikareise der deutschen Nationalmannschaft vor die Presse und bat um Nachsicht für seine mies spielenden Kicker. Er tat das mit einem Gedicht von Peter Rosegger. Der Wortlaut:

Ein bisschen mehr Friede
und weniger Streit,
ein bisschen mehr Güte
und weniger Neid,
ein bisschen mehr Liebe
und weniger Hass,
ein bisschen mehr Wahrheit
das wäre doch was …

Jüngste Bundesliga-Debütanten

Nuri Sahin, Borussia Dortmund	16,11
Jürgen Friedl, Eintracht Frankfurt	17,0
Ibrahim Tanko, Borussia Dortmund	17,1
Christian Wörns, Waldhof Mannheim	17,3
Christian Wück, FC Nürnberg	17,4

Interessante Paarungen, achter Teil

[Loriot gegen Juhnke]

Trainer:
Horst Witzler
(Borussia Dortmund)

Wilhelm Huxhorn
(SV Darmstadt 98)

Gisbert Horsthemke
(SpVgg. Erkenschwick)

Adolf Kunstwadl
(Bayern München)

Armin Störzenhofecker
(1860 München)

Torben Tutas
(Rot-Weiß Essen)

Dirk Hupe
(Union Solingen)

Herbert Lütkebohmert
(Schalke 04)

Rudi Thömmes
(Eintracht Trier)

Harald Martin Brattbakk
(Rosenburg Trondheim)

Reinhold Tattermusch
(Stuttgarter Kickers)

Rainer Rauffmann
(Eintracht Frankfurt)

Dieter Weinkauff
(Borussia Dortmund)

Dieter Trunk
(FC Nürnberg)

Marcus Feinbier
(LR Ahlen)

Stefan Malz
(1860 München)

Hanne Weiner
(Hertha BSC Berlin)

Paul Breitner
(Bayern München)

Wolfgang Rausch
(Bayern München)

Gert Trinklein
(Eintracht Frankfurt)

Gerhard Krug
(Hamburger SV)

Volker Faß
(Kickers Offenbach)

Petteri Korkala
(Alemannia Aachen)

Trainer:
Roland Kornexl
(SW Bregenz)

Die sieben Siegel

[Wege zur Perfektion]

Das fünfte Siegel: Wie man die Krise meistert

„Kracauer, hören Sie mir eigentlich zu?"

Kracauer dreht sich zu seinem Präsidenten um. Ehrentribüne, Reihe 15, Plätze G12 und 13. In Sichtweite bemühen sich zwei Mannschaften um ein vernünftiges Fußballspiel, was der Heimmannschaft nicht gelingt.

„Selbstverständlich, Herr Grothe. Was haben Sie gesagt?"

„Im Moment nichts. Aber seit *Wochen* predige ich Ihnen, dass diese Mannschaft da unten" – jetzt zeigt er mit großer Geste auf die Kicker auf dem Rasen – „nicht funktioniert. Und dass Sie das in den Griff bekommen sollen. Mensch Kracauer, das ist doch Ihr Beritt. *Kurzer Draht zum Trainer*. Das sind Ihre Worte. Der Bürgermeister ist schon seit vier Spieltagen nicht mehr hier gewesen, vom Ministerpräsidenten ganz zu schweigen. Demnächst kann ich die Ehrenkarten für unsere Heimspiele bei Ebay versteigern lassen! Kracauer, kennen Sie Ebay?"

„Selbstverständlich, Herr Grothe."

„Ach, doch? Das freut mich zu hören. Ich fürchtete schon, dass Sie seit Ihrer aktiven Zeit als Spieler aufgehört haben, sich da draußen im Leben aufzuhalten."

Kracauer schweigt. Wenn sein Boss in so einer Stimmung ist, empfiehlt es sich, nicht zu widersprechen. Egal, was Grothe von sich gibt. Ohne Grothes Privatbürgschaft hätte der DFB die Lizenz für die Zweite Liga nie rausgerückt.

Und seinen Job gäb's gar nicht mehr. Kracauer lehnt sich zu Grothe rüber.

„Ich habe mit dem Trainer gesprochen, zwei Mal. Aber was soll ich machen? Der Mann ist störrisch, der hat seine eigenen Vorstellungen!"

Tatsächlich hat Kracauer Anfang der Woche mit Petzi Prellmann gesprochen. Allerdings bloß darüber, dass Grothe langsam ungeduldig wird und mal wieder einen Sieg sehen will. Und dass der Präsident empfiehlt, demnächst wieder mit Libero und durchgehend Pressing spielen zu lassen. Daraufhin haben beide, Prellmann und er, laut gelacht und sich vor Vergnügen auf die Schenkel geschlagen.

„Grothe ist ein Vollidiot, der Pressing nicht von einer Presswehe unterscheiden kann", hatte Prellmann gesagt und Kracauer ihm zugestimmt: „Neulich hat er gefragt, worin sich die Dreierkette eigentlich von so einer verdammten Viererkette unterscheidet." Wieder waren beide in Lachen ausgebrochen und hatten sich zum Abschied die Hände geschüttelt.

„Leben wir halt mit dem Metzger!", hatte Prellmann gesagt, der früher der Rekordtorschütze der Ligamannschaft gewesen war und den man vor zwei Jahren bekniet hatte, den Job des Trainers zu übernehmen. Er hatte den Verein von der Regionalliga in die Zweite Liga geführt, dafür aber auch ordentlich abkassiert.

In diesem Moment fällt auf dem Rasen die Vorentscheidung. 0:2, 72. Spielminute. Rings um Kracauer und Grothe erheben sich vereinzelt Zuschauer auf der Ehrentribüne und eilen in die VIP-Räume, die aus zwei ineinander geschobenen Baucontainern bestehen.

„Das kann doch keiner mit ansehen, was die da unten zusammengurken!", wettert Grothe. „Das ist doch Betrug am zahlenden Zuschauer und am Verein!"

Kracauer schaut starr vor Verlegenheit auf den Rasen.

„Was fällt Ihnen dazu ein, Kracauer? Erklären Sie mir doch mal, was da vor sich geht!"

Grothe schnauft erbost, während er hin und wieder einen der Besucher, die von ihren Sitzen aufspringen und gehen, mit zuckenden Schultern und einer Geste, die wohl besagen soll „Ich bin nicht schuld!", verabschiedet.

„Man muss eben ein bisschen Geduld haben mit den jungen Spielern. Wir waren uns ja alle einig, dass wir unsere Ziele eher so langfristig ansetzen und ..."

„Ach, halten Sie den Mund, Kracauer. Wollen Sie mir erklären, dass unser Konzept darauf beruht, Spiele zu verlieren und nicht mal dagegen anzukämpfen?"

„Nein, natürlich nicht, Herr Grothe, aber ..."

„Aber was? Aber WAS?"

„Wir haben doch so viele junge Spieler aus der eigenen Jugend ... und den Amateuren ... hochgezogen. Und ein paar verdiente Leistungsträger verloren, das wissen wir doch alle, oder?" Jetzt hängt Kracauer. Schweißperlen bilden sich auf seiner Stirn.

Grothe, der einen Fleischgroßhandel aufgebaut hat, ist knapp davor, ausfällig zu werden, Kracauer spürt es. Nur der Umstand, dass sie beide auf der Tribüne in einer immer noch stattlichen Anzahl von Sponsoren und Edelfans der Mannschaft hocken, erspart Kracauer eine Standpauke von beachtlicher Lautstärke. Grothe zischt wie eine Klapperschlange, ohne dabei sein eingefrorenes Präsidentengrinsen aufzugeben.

„Was gedenken Sie zu unternehmen, Kracauer? Wofür werden Sie bezahlt?"

Kracauer schluckt.

„Also, ich weiß nicht. Ich finde, wir sollten dem Trainer vielleicht noch ein wenig Zeit geben, die jungen Spieler zu formen, sie mal an die Kandarre ... äh ... zu nehmen."

„Das tun wir bereits seit dem ersten Spiel dieser Saison. Dafür gibt's aber keine Punkte, und wenn's keine Punkte gibt, steigen wir ab."

Und wenn wir absteigen, denkt Grothe weiter, dann gibt's im nächsten Jahr kein Geld vom Fernsehen und ich kann die verdammte Lizenz entweder den Bach runtergehen lassen, und dann häuten mich die Bürger dieses verdammten Kaffs bei lebendigem Leib. Oder ich stocke die fehlenden Penunzen wieder aus der eigenen Kasse auf, was langsam ein bisschen schwierig wird, bei der Geschäftslage da draußen. Grothe wird gleich noch wütender, wenn er daran denkt, es ist ein Teufelskreis. Und dieser Prellmann da unten wird auch noch gefeiert von dem Plebs, der sich Fankurve nennt, weil er vor ein paar Jahrhunderten mal Tore für den Verein geschossen hat. Auf dem Ticket fährt der Prellmann immer noch, denkt Grothe, dieser Prolet, und dabei macht er sich auf meine Kosten die Taschen voll. Auf MEINE Kosten.

„Kracauer?"

„Ja, Chef?"

„Ich kann Ihnen sagen, was wir tun!"

Grothe lächelt, plötzlich ganz ruhig.

„Wir schmeißen Prellmann raus, sobald wir einen neuen, jungen Trainer gefunden haben!"

Kracauer schaut Grothe erschrocken an.

„Ist das Ihr Ernst? Ich meine, Prellmann ist beliebt bei den Fans und ..."

„Da scheiß ich drauf!", fährt Grothe auf. „Der beliebte Herr Prellmann hat uns genau sieben Punkte in 10 Spielen geholt! Wenn das so weitergeht, dann steigt dieser populäre Kasper mit meinem Verein ab. Wollen Sie da zusehen, Kracauer? Dann sagen Sie das, dann schick ich Sie gleich mit zur Agentur für Arbeit!!"

„Nein, natürlich nicht ... es geht ja auch um den Verein und nicht um Einzelschicksale, nicht wahr."

„So ist das, Kracauer, gut gesagt. Jetzt mal ehrlich. Der Prellmann, der ist doch nix mehr für die junge Fußballergeneration. Die erreicht der doch gar nicht mehr. Wir brauchen einen jungen Trainer, einen, der die Sprache der Spieler spricht und der heiß ist, der noch was zu beweisen hat." Und der weniger Geld kassiert, denkt Grothe sich noch hinterher.

„Haben Sie so einen in der Hinterhand, Kracauer?"

„Nein, momentan nicht, Herr Grothe, es war ja bisher nicht die Rede davon, dass ..."

„Aber Sie müssen doch vorbereitet sein, Kracauer, meine Güte, was machen Sie denn den ganzen Tag? Bei Oddset wetten?"

Kracauer zieht es vor, darauf nicht zu antworten.

Er hat Glück, denn in diesem Moment fällt unten auf dem Spielfeld der Anschlusstreffer zum 1:2. Grothe klatscht in die Hände und lacht leutselig in die Gesichter der Zuschauer, die zu ihm hochschauen und hoffnungsvolle Gesten machen. Doch zu Kracauer zischt er bloß: „Welcher Blinde hat denn da im Weg gestanden?"

„War das jetzt ein konkreter Auftrag, Herr Grothe?", fragt Kracauer in die Lautsprecherdurchsage des Tores hinein.

„Was glauben Sie denn, Kracauer, soll ich's Ihnen auf einen Zettel schreiben?", blafft Grothe zurück. „Trainer einkaufen!?"

„Wir werden Probleme haben, das unseren Anhängern zu vermitteln. Natürlich treffen Sie die Entscheidungen, Herr Grothe, aber es ist in Ihrem eigenen Interesse, es sich nicht mit allen Fans zu verderben."

„Ach, Kracauer, machen Sie sich deshalb mal keine Gedanken, ich habe einen breiten Rücken. Und vom Mob der Straße lässt sich dieser Verein nicht regieren, da können Sie sicher sein!" Grothe wirkt trotzdem etwas nachdenklich. Prellmann ist kein Papiergewicht, das weiß er.

„Kracauer, jetzt tragen Sie doch auch mal was zur Problemlösung bei. Sie sind doch die sportliche Kapazität in diesem Vorstand – was schlagen Sie vor?"

Kracauer hat plötzlich eine Idee. Sie ist schon etwas älter und lange sah es so aus, als könne er sie in diesem Verein zu Grabe tragen, doch vielleicht ist jetzt der richtige Zeitpunkt, aus der unschönen Gesamtsituation einen kleinen Vorteil zu schlagen.

„Nun, es gäbe da schon eine Möglichkeit, den Prellmann alt ausschauen zu lassen und seine Entlassung auch den Fans als notwendiges Opfer zu verkaufen."

„Ach, die gibt es?" Grothe wird hellhörig. Interessiert schaut er Kracauer in die Augen, zum ersten Mal an diesem Nachmittag.

In diesem Moment brüllt die immer noch beachtliche Zuschauermenge im Stadion auf. Tor! Der Ausgleich, fünf Minuten vor Schluss der Partie. Kracauer springt auf und jubelt, doch Grothe zieht ihn sofort wieder auf den Sitz zurück.

„Also?"

Kracauer braucht einen Moment, um sich die Freude über den Spielverlauf aus den Kleidern zu klopfen. Doch dann ist er gleich wieder ganz Manager.

„Wir könnten das Angebot von Figueroa annehmen und die beiden Kroaten verpflichten. Die will Prellmann ja nicht, sind ihm zu alt. Er will ein anderes System spielen, hat er gesagt, da braucht er keine zwei gealterten Rastellis aus Kroatien, die sich nicht mehr bewegen als zwei Kugelstoßer im Hallenbad."

„Versteh ich nicht. Damit lösen wir doch das Problem nicht?"

„Nicht mit den abgehalfterten Kroaten. Denen geben wir einen Vertrag bis Saisonende auf Provisionsbasis, die verdienen nur gut, wenn sie auch spielen. Aber Prellmann wird auf die Barrikaden gehen. Und wir stecken Gabriel von der Abendpost, dass Prellmann sich sträubt, die Mannschaft zu verstärken, weil er mit aller Macht sein System durchziehen will! Dann schreibt der ihn an die Kante, und wir kippen ihn da runter. Mit der Unterstützung der Fans, denn die wollen die von Gabriel in der ‚Abendpost' als Raketen besungenen Kroaten auf jeden Fall!"

Grothe grinst seinen Fußballmanager zufrieden an.

„Nicht dumm, Kracauer, gar nicht dumm. Müssen wir Gabriel dafür extra bezahlen?“

„Ich denke nicht. Das ist mit den normalen Aufwandsentschädigungen abgedeckt.“

Hervorragend. Grothes Grinsen wird immer breiter.

Kracauer nickt und grinst zufrieden zurück. Vor ein paar Wochen hatte er schon einmal vergeblich versucht, die Kroaten anzupreisen, denn er hat selbst mit dem Spielerberater Figueroa einen Deal laufen. Er nickt ein paar unübliche Punkte des Vertrages zu Lasten des Vereins ab, dafür kriegt er fünf Prozent der Provision von Figueroa.

„Is sich Win-Win-Sitjuäschen“, hatte der Südamerikaner gebrabbelt und Kracauer musste ihm Recht geben. Doch damals wollte weder Prellmann („Das sind doch Operettenkicker!“) noch Grothe („Noch mehr Personalkosten“) die vermeintlichen Verstärkungen.

Grothe und Kracauer nicken sich zu.

„Machen wir so!“, sagt Grothe. „Und Stillschweigen, bis Sie einen Trainer gefunden haben. Wie gesagt: Das kann ruhig ein billiger Jakob sein. Schlechter als unter dem hier“ – er zeigt auf die Trainerbank am Spielfeldrand – „können selbst unsere Gurkenköpfe nicht mehr spielen.“ Bevor er den Satz noch ganz zu Ende gesprochen hat, ist es im Stadion noch einmal laut geworden. Jeden Moment müsste der Schiedsrichter abpfeifen, doch eine letzte Angriffswelle brandet gegen den Strafraum der aufgescheuchten Gästemannschaft. Der Ball wird nach außen weggeschlagen, ein Angreifer erreicht ihn knapp vor der Außenlinie und schlägt ihn wieder hoch in den Strafraum zurück, wo einer seiner Kollegen ihn wuchtig unter die Latte des Gästetores köpft. Keine Chance für den Torhüter – Tor!

Ein Tor in der letzten Minute des Spiels, das Publikum steht kopf, auch Kracauer springt hoch, Grothe klatscht demonstrativ in die Hände und kann es nicht fassen. 3:2, doch noch ein Sieg. Unglaublich.

Kurz darauf ist das Spiel aus, die Mannschaft läuft in die Kurve, um sich von den Fans feiern zu lassen. Trainer Prellmann ist inzwischen aufgestanden, hat sich bei der Mannschaft bedankt, die ihn jubelnd in die Mitte genommen hat. Dann winkt Prellmann auch auf die Tribüne hoch. Grothe und Kracauer heben einträchtig den Arm und zeigen den aufgereckten Daumen, den klassischen Stefan-Raab-Gruß. Dann drehen sich die beiden Funktionäre des Vereins um und machen sich auf den Weg in die VIP-Räume.

„Jetzt warten wir besser noch eine Woche", sagt Grothe, „aber Sie sondieren schon einmal den Markt. Diskret natürlich. Und sprechen Sie mit dem Südamerikaner. Nicht, dass dieser Kleinganove noch auf die Idee kommt, seine beiden Kroaten nach Dubai zu verscherbeln. Kleine Option, so bummelig um die 25 Mill und die Gäule sind vom Markt."

„Klar, Chef, machen wir so."

„Und jetzt gehen wir erst mal den Sieg feiern, was Kracauer."

„Klar, Boss."

Die ersten Ausländer in der Bundesliga

In der ersten Bundesligasaison 1963/64 boten die 16 Teams insgesamt nur sechs Ausländer auf

Petar Radenkovic (Jugoslawe, 1860 München)
Heinz Versteeg (Holländer, MSV Duisburg)
Aykut Ünyazici (Türke, Eintracht Braunschweig)
Co Prins (Holländer, FC Kaiserslautern)
Wilhelm Huberts (Österreicher, Eintracht Frankfurt)
Dragomir Ilic (Jugoslawe, Werder Bremen)

Die besten Fußballfilme

Fever Pitch, 1997
Nordkurve, 1991
Fimpen, der Knirps, 1973
Kick it like Beckham, 2002
Das Wunder von Bern, 2003

Dümmster Bundesliga-Präsident

Vermutlich Günter Eichberg, der Sonnenkönig von Schalke 04. Erwarb in Verhandlungen mit Uli Hoeneß den Spieler Mihajlovic für 3 Millionen Mark, obwohl sein Manager Helmut Kremers bereits mit Bayern Einigkeit über die Transfersumme erzielt hatte: 2,5 Millionen …

Die peinlichsten Spitznamen

Jupp Heynckes:	Osram
Edwin van der Sar:	Dumbo
Michael Zorc:	Susi
Andreas Möller:	Heintje
Oliver Reck:	Pannen-Olli
Helmut Kronsbein:	Fifi

Deutsche Hallenmeister

1988	Bayer 05 Uerdingen
1989	Werder Bremen
1990	Borussia Dortmund
1991	Borussia Dortmund
1992	Borussia Dortmund
1993	FC Köln
1994	Bayer Leverkusen
1995	Karlsruher SC
1996	TSV 1860 München
1997	FC Kaiserslautern
1998	Hansa Rostock
1999	Borussia Dortmund
2000	Spvgg Greuther Fürth
2001	Spvgg. Unterhaching

Spieler, deren Spitznamen Tierarten sind

„Bulle"	Franz Roth
„Kobra"	Jürgen Wegmann
„Büffel"	Günter Thiele
„Pferd"	Pavel Nedved
„Die Katze von Anzing"	Sepp Maier
„Terrier"	Berti Vogts
„Katze"	Ralf Zumdick
„Mighty Mouse"	Kevin Keegan

Trainerentlassung in der Halbzeitpause

Fortuna-Köln-Präsident und Alleinherrscher Jean Löring entlässt in der Halbzeitpause des Spiels Fortuna Köln – Waldhof Mannheim am 15. Dezember 1999 seinen Trainer Harald „Toni" Schumacher mit den Worten: „Du hast hier nichts mehr zu sagen, du Wichser!" Die bundesweite Kritik an dieser Aktion konterte Löring unnachahmlich und authentisch: „Ich als Verein musste doch reagieren!"

Bundesligaprofi mit den meisten Platzverweisen

Jens Nowotny

Die unangenehmsten TV-Reporter

Heribert Faßbender
Gerd Rubenbauer
Werner Hansch
Jörg Dahlmann
Wilfried Mohren

Die besten TV-Reporter

Ernst Huberty
Rudi Michel
Wolfgang Ley
Marcel Reif

Verbot der Trikotwerbung

Der DFB verbietet dem FC Homburg am 4. März 1988, dass der Kondomhersteller „London" auf den Trikots der Spieler Werbung macht. Grund: Verstoß gegen die Grundsätze von Ethik und Moral.

Prominente Trainer, die sich verrechneten

Christoph Daum – wechselte als Trainer des VfB Stuttgart 1992 im Europacup gegen Leeds United einen Ausländer zu viel ein. Ausgeschieden.
Otto Rehhagel – ließ 1998 als Trainer des FC Kaiserslautern vier Nicht-EU-Bürger in seiner Mannschaft mitspielen. Motivierte aber, als er den Irrtum bemerkte, den Ägypter Ramzy dazu, sich vermeintlich verletzt auswechseln zu lassen, was der in wirklich grandioser De-Niro-Manier umsetzte. Nutzte nichts – Punkte trotzdem weg.

Interessante Paarungen, neunter Teil

[Klassenkampf!]

Trainer:
Rudi Schlott
(FC Köln)

Carsten Eisenmenger
(SC Freiburg)

Roland Dickgießer
(Waldhof Mannheim)

Hans Klinkhammer
(Borussia Mönchengladbach)

Reiner Maurer
(1860 München)

Thorben Marx
(Hertha BSC)

Torsten Lieberknecht
(Mainz 05)

Bernd Schuster
(Real Madrid)

Georg Metzger
(1860 München)

Benjamin Köhler
(Eintracht Frankfurt)

Karl-Heinz Krott
(Alemannia Aachen)

Harald Diener
(FC Saarbrücken)

Daniel Graf
(KSC)

Jan Vennegoor of Hesselink
(PSV Eindhoven)

Thomas von Heesen
(Arminia Bielefeld)

Walter Bosse
(Vfl Wolfsburg)

Thomas Ritter
(Karlsruher SC)

Michael König
(Eintracht Frankfurt)

Simone Barone
(AC Parma)

Willi Landgraf
(Alemannia Aachen)

Stephan Fürstner
(Bayern München)

Andreas Kaiser
(Fortuna Düsseldorf)

Dr. Peter Kunter
(Eintracht Frankfurt)

Trainer:
Franz Beckenbauer
(Bayern München)

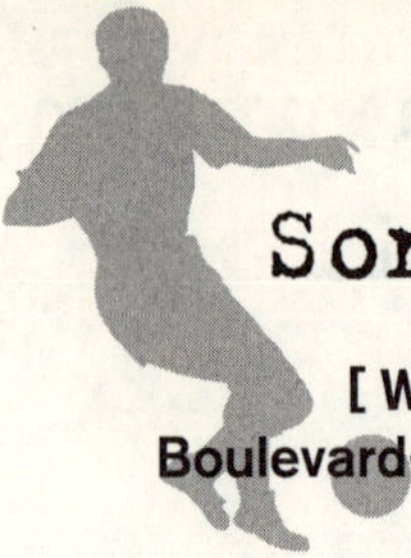

Sondersektion

[Weisheiten des Alters – Boulevard-Papst Max Merkel dekretiert]

„*Er wird nie* **Kopfweh** *bekommen, weil er seinen Kopf nie zum Denken benutzen wird. Ehe er Nationalspieler wird, werde ich* **Sänger** *an der Metropolitan Opera.*“
Über Rüdiger Abramczik

„*Der Basler spielt wie eine* **Parkuhr***. Er steht nur rum und die Bayern stopfen* **Geld** *rein.*“

„*Jede* **Straßenbahn** *in Uerdingen hat mehr* **Anhänger** *als Bayer 05.*“

„*Der Dettmar Cramer hat doch nur den Schwarzen im Senegal beigebracht, wie man* **Kakteen** *umdribbelt.*“

„*Die wissen nicht einmal, dass im Ball* **Luft** *ist. Die glauben doch, der springt, weil ein* **Frosch** *drin ist.*“
Über deutsche Funktionäre

„*Im Training habe ich mal die* **Alkoholiker** *meiner Mannschaft gegen die* **Antialkoholiker** *spielen lassen. Die Alkoholiker gewannen 7:1. Da war's mir wurscht. Da hab i g'sagt: Sauft's weiter.*"

„*Udo Lattek haben sie das* **Blut** *abgenommen. Ergebnis: Reiner Alkohol, verschmutzt durch rote* **Blutkörperchen**."

„*Fußball? Ein Spiel auch zum Denken. Nur leider hat man dafür noch keine* **Tabletten** *erfunden.*"

„*Im Fußball ist es wie bei der* **Liebe**. *Was vorher ist, kann auch sehr schön sein, aber es ist nur* **Händchenhalten**. *Der Ball muss hinein.*"

Bundesligatrainer, die in einer Saison von zwei verschiedenen Vereinen entlassen wurden

Rudi Gutendorf, 1970/71, Schalke 04, Kickers Offenbach

Dettmar Cramer, 1977/78, Bayern München, Eintracht Frankfurt

Rolf Schafstall, 1977/78, Schalke 04, Bayer Uerdingen

Höchste Niederlage in der WM-Qualifikation

Amerikanisch Samoa – Australien 0:31 11. April 2001

Rekordabsteiger aus der Bundesliga

FC Nürnberg

Karlsruher SC

Bayer Uerdingen

VfL Bochum

Mode-Foul

Ulrich Stielike ist ein berühmter Fußballer, den in Deutschland in zweiter Linie viele Menschen kennen, weil er Nationalspieler und Vize-Weltmeister war und lange bei Real Madrid spielte. In erster Linie erinnert man sich an ihn, weil er bei seiner Präsentation als Assistent des Bundestrainers Ribbeck 1998 ein Karosakko, eine Streifenweste und eine gepunktete Krawatte trug. „Sogar der Blindenhund knurrte“, kommentierte Sepp Maier ausnahmsweise mal witzig.

Weltweiter Zuschauerrekord bei einem Fußballspiel

Maracana-Stadion, Rio de Janeiro, 1963, 177 000 Zuschauer

Prominenter Heimatverein

Der Schnulzensänger Julio Iglesias spielte vor seiner Karriere im Musikalienhandel bei Real Madrid, bis ein Autounfall seiner Karriere im Fußballtor ein jähes Ende bereitete.

Mannschaften, die seit der Gründung der jeweiligen Ersten Liga des Landes nie abgestiegen sind

Celtic Glasgow
Glasgow Rangers
Austria Wien
Rapid Wien
Athletic Bilbao
FC Barcelona
Real Madrid
Inter Mailand
Juventus Turin
Dynamo Kiew
Benfica Lissabon
FC Porto
Hamburger SV
SK Tirana
Apoel Nikosea
Bohemians Dublin

Für die deutsche Nationalmannschaft eingebürgert

Bruno Labbadia / Italien
Rainer Bonhof / Holland
Paolo Rink / Brasilien
Mustafa Dogan / Türkei
Martin Max / Polen
Miroslav Klose / Polen
Maurizio Gaudino / Italien
Gerald Asamoah / Ghana
Fredi Bobic / Slowenien
Dariusz Wosz / Polen

Erste Mannschaft aus Afrika, die an einer WM teilnahm

Ägypten (1934 in Italien)

Stinkstiefel?

Der Leverkusener Paulo Sérgio missachtete am letzten Spieltag der Bundesligasaison 1995/96 das eiserne Gesetz jedes Fußballers, das selbst in der Kreisklasse gilt. Hat ein Spieler den Ball extra ins Aus geschossen, um das Spiel wegen eines verletzten Spielers zu unterbrechen, dann wirft die gegnerische Mannschaft den Ball wieder zurück. Fair Play nennt sich das. Sérgio pfiff drauf, warf den Ball nach vorne, Bayer Leverkusen erzielte ein Tor, Kaiserslauterns Spieler waren empört. Sérgios Einwurf bescherte Leverkusen den Nicht-Abstieg, Kaiserslautern ging runter. War das nun clever von Sérgio oder eine bodenlose Frechheit? Beides vermutlich.

Die Karriere von Spieler und Trainer Rudi Gutendorf

1946–54 SV Rengsdorf (Kreisklasse) – Rot-Weiß Koblenz (Bezirksklasse) – VfB Lützel (Bezirksklasse) – SG Braubach (Kreisklasse) – TuS Neuendorf (Oberliga) – **1955** Blue Stars Zürich (Nationalliga B) – **1955–60** FC Luzern (Nationalliga B) – **1961** US Monastir/Tunesien (1. Division) – **1962–63** TSV Marl-Hüls (Oberliga) – **1963–64** Meidericher SV (Bundesliga) – **1965** VfB Stuttgart (Bundesliga) – **1966–68** St. Louis (US-Profiliga) – **1968** Bermudas – **1968–70** Schalke 04 (Bundesliga) – **1970–71** Kickers Offenbach – **1972** Cristal Lima (Peru) – **1973** Nationaltrainer Chile – **1974** 1860 München (2. Bundesliga) – **1974** Manager der Hallen-WM – **1974** Nationaltrainer Bolivien – **1974** FC Boliviar – **1974** Nationaltrainer Venezuela – **1975** Valladolid (2. Liga Spanien) – **1975–76** Fortuna Köln (2. Bundesliga) – **1976** Nationaltrainer Trinidad – **1976** Nationaltrainer Grenada – **1976** Nationaltrainer Antigua – **1976** Nationaltrainer Botswana – **1976–77** TB Berlin (Bundesliga) – **1977** Hamburger SV (Bundesliga) – **1978** Nationaltrainer Australien – **1980** Fifa Lecture Philippinen – **1980** Nationaltrainer Neu-Kaledonien – **1981** Trainer-Lehrgang Fidschi – **1981** Nationaltrainer Nepal – **1981** Nationaltrainer Tonga – **1981** Nationaltrainer Tansania – **1981–82** Yanga Daressalam (Tansania) – **1982** Trainerausbildung Arysha (Tansania) – **1982–84** FC Youmiuri (Japan) – **1984** Hertha BSC (2. Bundesliga) – **1984** Sao Thome, Principe

(Westafrika) – **1985** Nationaltrainer Ghana – **1985** Nationaltrainer Nepal – **1986** Trainerausbilder Nepal – **1987** Trainerausbilder Fidschi – **1987** Nationaltrainer Fidschi – **1988** Trainerausbilder China – **1988** Olympia-Nationaltrainer Iran – **1991–92** Olympia-Team China – **1995–96** Nationaltrainer Zimbabwe – **1997** Nationaltrainer Mauritius – **1998** Sportdirektor TuS Koblenz – **1999** Nationaltrainer Ruanda

Sondersektion

[Große Oper, frisch gestrichen von Otto Rehhagel]

„*Früher hat jeder gemacht, was er* **will**, *heute macht jeder, was er* **kann**.“
Zum Erfolgsgeheimnis der griechischen Nationalmannschaft

„*Mal verliert man und mal* **gewinnen** *die anderen.*“

„**Jeder** *kann sagen, was ich will.*“

„*Wenn ich heute fünf* **Talente** *einbaue und mehrere Spiele hintereinander verliere, dann lassen die Leute an den Blumen, die sie mir zuwerfen, plötzlich die* **Töpfe** *dran.*“

„*Ich muss von jedem Spieler in Europa wissen, was für ein* **Duftwasser** *er benutzt.*“

„*Geld schießt keine* **Tore**.“

„*Franz ist wie* **Marlene Dietrich**. *Ein alternder Star, den man nach wie vor bewundern muss.*" Über Franz Beckenbauer

„*Die Entscheidungen, die ich treffe, sind immer* **richtig**."

„**Leichte Bälle** *zu halten ist einfach. Schwierige Bälle zu halten, ist immer schwierig.*"

„*Halten Sie Ihre Klappe und* **spielen** *Sie Fußball,* **Herr Basler**!"

„*Was soll man schon erwarten? Der hat früher immer Dynamo* **Ost-Berlin** *zum Titel gepfiffen.*" Über einen Schiedsrichter

„*Einige Leute müssen hier im Hintergrund ihre* **Profilneurosen** *ausleben. Wenn dieser kleinkarierte Käse so weitergeht, dann geh ich nach Sylt und bau* **Sandburgen**."
Über die Querelen in der Führungsetage des FCK

„*Ich fahre den* **Rennwagen**. *Es kann mir keiner ins Lenkrad greifen. Die anderen können neben mir sitzen und sagen, dass ich aufpassen muss, dass wir in der* **Kurve** *nicht rausfliegen, und ich sage* **Dankeschön** *– das ist aber auch alles!*"
Otto zur Situation beim Tabellenführer 1. FC Kaiserslautern nach dem Rücktritt von Manager Hans-Peter Briegel und Aufsichtsrat Peter-Werner Landry

Deutsche Bundestrainer

Otto Nerz
Sepp Herberger
Helmut Schön
Jupp Derwall
Franz Beckenbauer
Berti Vogts
Paul Breitner (etwa drei Stunden)
Erich Ribbeck
Rudi Völler
Jürgen Klinsmann

Fußballer, die mit Models oder Schauspielerinnen liiert sind/waren

Fabien Barthez / Linda Evangelista (Topmodel)
Rafael van der Vaart / Sykvie van der Vaart (TV-Moderatorin)
David Beckham / Victoria Backham (Spice Girl)
Francesco Totti / Ilary Blasi (TV-Sternchen)
Christian Karembeu / Adriana Karembbeu (Topmodel)
Alessandro Costacurta / Martina Colombari (Miss Italia)
Ronaldo / Raica Oliveiria (Topmodel)
Simone Inzaghi / Alessia Marcuzzi (TV-Moderatorin)

Die zehn bekanntesten Skandalfußballer der Bundesliga

Uli Stein
Thorsten Legat
Jimmy Hartwig
Razundara Tjikuzu
Wolfram Wuttke

Ciriaco Sforza
Mario Basler
Lothar Matthäus
Stefan Effenberg
Jörg Böhme

Die meisten Eigentore eines Spielers in einem Spiel

Staf van den Buys erzielte am 23.12.1995 bei der Niederlage seines Vereins Germinal Ekeren gegen den RSC Anderlecht drei Eigentore. Endstand: 2:4

Erstes Spiel der deutschen Frauennationalmannschaft

1982 gegen die Schweiz 5:1

Berühmte Supporter

Elton John (FC Watford)
Michael Schumacher (FC Köln)
Rod Stewart (Celtic Glasgow)
Boris Becker (FC Bayern)
Herbert Grönemeyer (VfL Bochum)
Javier Marias (Real Madrid)
Jamie Oliver (Cambridge United)
Halle Berry (FC Everton)
Papst Paul II (Schalke 04)
Eagle Eye Cherry (Hammarby IF)

Weltmeister I

1954 Deutschland – Ungarn 3:2

Turek, Kohlmeyer, Liebrich, Eckel, Rahn, Morlock, Fritz Walter, Posipal, Mai, Ottmar Walter, Schäfer

Weltmeister II

1974 Deutschland – Holland 2:1

Maier, Vogts, Schwarzenbeck, Breitner, Hoeneß, Overath, Beckenbauer, Hölzenbein, Müller, Bonhof, Grabowski

Weltmeister III

1990 Deutschland – Argentinien 1:0

Illgner, Augenthaler, Berthold, Brehme, Kohler, Buchwald, Matthäus, Häßler, Völler, Klinsmann, Littbarski

Die „Waldhofer Schule“

Besonders viele unangenehme Verteidiger kamen aus der gefürchteten Blutgrätscher-Schule von Waldhof Mannheim.

Ulf Quaisser
Dimitrios Tsionanis
Pandelis Tsionanis
Karlheinz Förster
Bernd Förster
Dieter Schlindwein
Hanno Balitsch
Jürgen Kohler
Christian Wörns
Paul Steiner
Roland Dickgießer

Mittendrin 18 Mannschaften, die tatsächlich mal in der 1. Liga waren

Borussia Neunkirchen
Spvgg. Unterhaching
Fortuna Köln
Tasmania Berlin
Blau Weiß Berlin
Rot Weiß Oberhausen
Preußen Münster
Darmstadt 98
Kickers Offenbach
Waldhof Mannheim
FC Homburg
Stuttgarter Kickers
Wuppertaler SV
KFC Uerdingen

Rot-Weiß Essen
VfB Leipzig
Alemannia Aachen
Tennis Borussia

Nah dran! 18 Teams, die in der Aufstiegsrunde zur 1. Liga scheiterten

SV Alsenborn
VfL Osnabrück
Wacker 04 Berlin
FK Pirmasens
Bayern Hof
SSV Reutlingen
Hessen Kassel
Holstein Kiel
Wormatia Worms
Schwarz-Weiß Essen
FC Augsburg
TuS Neuendorf
Arminia Hannover
Freiburger FC
Göttingen 05
Röchling Völklingen
Schweinfurt 05
VfB Lübeck

Die größten Elfmetertöter der Bundesliga

Rudi Kargus	23
Harald Schumacher	18
Norbert Nigbur	17
Dieter Burdenski	15
Andreas Köpke	14

Rekordnationalspieler der DDR

Joachim Streich, 98 Spiele, 53 Tore

Seit 2005 ist der 54-jährige Streich als Kicker der American Football Mannschaft Virgin Guards Magdeburg aktiv.

Minus-Besucherrekord bei einer WM

1930 Montevideo Peru – Rumänien 1: 3, 2.549 Zuschauer

Die häufigsten Ergebnisse

Laut FIFA-Statistik von 2004

1.	1:0	19 %
2.	2:0	13 %
3.	2:1	13 %
4.	1:1	11 %
5.	0:0	10 %

Die sieben Siegel

[Wege zur Perfektion]

Das sechste Siegel: Wie man die Öffentlichkeit informiert

„Carsten Lottermann vom ‚BLICK' für Sie. Soll ich durchstellen?"

„Was will er denn?"

„Keine Ahnung, hat er nicht gesagt." Brigitte Pumm runzelt die Stirn. Wieso sollte er auch. Sie ist bloß die Sekretärin dieses stinkfaulen Subjekts. Sie sollte kündigen, denkt sie, nicht zum ersten Mal. Nicht mal zum ersten Mal an diesem Tag.

„Er soll mit Gratzkowsky reden."

Gratzkowsky ist der Pressesprecher des Vereins, ein ehemaliger Kollege von Lottermann.

„Habe ich ihm auch schon gesagt. Mit dem hat er schon gesprochen. Der könnte in diesem Fall nicht helfen, hat Lottermann gemeint."

Kracauer ist ungehalten. Er schaut sich gerade auf Premiere eine Wiederholung eines Spiels aus der ersten englischen Division an, auf das er bei Oddset gewettet – und verloren – hat. Jetzt würde er gern wissen, wie nah er dran war und das Spiel in Ruhe ansehen. Wenn einer dumm fragt, dann beobachtet er offiziell einen Spieler, den er unter Umständen unter Vertrag nehmen könnte, später mal. Manchmal mag er seinen Beruf. Einen Typen von der Presse allerdings kann er jetzt ganz schlecht brauchen. Andererseits: der ‚BLICK' ist nicht unwichtig. Lottermann sollte man pampern, wo immer es geht.

„Dann sagen Sie ihm, dass ich in einer Besprechung bin und warten Sie zwei Minuten, bis Sie ihn durchstellen. Spielen Sie ihm so lange die Vereinshymne ins Ohr."

„Aber sehr gerne, Herr Kracauer."

Kracauer schaut auf sein Telefon, überrascht und verärgert. Ich sollte diese sarkastische Vorzimmer-Diva einfach rauswerfen, denkt er, nicht zum ersten Mal. Nicht mal zum ersten Mal an diesem Tag.

Kracauer drückt die Stoptaste des Videogeräts, zündet sich eine Zigarette an und wirft sich in seinen Sessel. Er legt die Füße auf den Tisch und schließt die Augen. 30 Sekunden später klingelt sein Telefon. Zu früh, denkt er, diese Frau ist zu blöd, bis 120 zu zählen.

„Kracauer?"

„Tag, Edwin. Ich bin's, Lotte. Hab ich dich geweckt?"

Kracauer verzieht das Gesicht. Er hasst dieses joviale Pressegesocks, das mit Vorliebe duzt und immer so tut, als habe man gerade erst den gesamten Jahresurlaub miteinander verbracht.

„Ja, ich habe deinen letzten Text im ‚BLICK' gelesen und bin schon beim Fettgedruckten eingenickt. Was kann ich für dich tun, Lotte?

„Nur eine kleine Antwort, auf eine kleine Frage, das wär's schon."

„Die da lautet?"

„Sucht ihr tatsächlich einen Nachfolger für euern Trainer, für Prellmann?"

Kracauer ist auf den Beinen, noch bevor Lottermann den Namen Prellmann ausgesprochen hat.

„Nachfolger? Für Prellmann?"

„Welchen Teil hast du nicht verstanden?"

Lottermanns Antwort kommt schnell.

Stille.

„Wer erzählt denn so einen …"

Kracauer kommt ins Schleudern. Er überlegt krampfhaft, von wem Lottermann diese Information haben könnte.

„Ist doch total egal. Erzählt man sich halt so."

„Ach, du weißt doch, wie das geht. An den Theken in dieser Stadt wird viel geredet, wenn der Abend lang wird ..."

„Also stimmt es nicht. Kann man ja dann auch so schreiben: ‚Manager Kracauer schwört: Kein neuer Trainer. Prellmann sicher im Sattel!' Schreib ich dann so. Kein Ding."

„Aber warum denkt ihr überhaupt über so was nach? Warum die Pferde scheu machen, Lotte? Wenn ohnehin alles bleibt, wie es ist, dann ist das auch keine Meldung."

„Prinzipiell richtig, Edwin. Wenn aber so ein schemelgroßer Südamerikaner im Puff die Puppen tanzen lässt und behauptet, dass der Club die Rechnung bezahlt, hören wir gerne mal hin. Und wenn dieser Mensch dann behauptet, dass er euch gerade zwei seiner Ladenhüter verkauft hat und dabei ist, auch einen Trainer für euch zu suchen, dann *ist* das eine Meldung. Wenn auch erst mal nur eine ziemlich unglaubwürdige. Habt ihr den Verstand verloren? Prellmann ist beliebt – und am Wochenende hat er gewonnen!"

„Figueroa? Im Puff?"

„Scheint so. Also, ist da was dran? Oder hat das kleine Schweinchen einfach nur auf wichtig machen wollen?"

„Kriegt ihr eure Informationen jetzt schon von Nutten und Zuhältern?"

„Wir kriegen unsere Informationen da, wo sie vorrätig sind, Edwin. Ihr solltet euch mal fragen, wie sie da hinkommen ..."

„Lotte, können wir offen reden? Ohne dass jedes Wort davon morgen in deinem Käseblatt steht?"

Kracauer hat nicht die Nerven, Lottermann hinzuhalten. Und lügen geht auch nicht. Wenn er Prellmann tatsächlich in den nächsten Tagen entlässt und der ‚BLICK' vorher tagelang die Kampagne „Prellmann sicher im Sattel" gefahren hat, dann dürfte er bei Lottermann verschissen haben. Das wäre gefährlich. Und von den Fans, für die er nur ein scheinheiliger Lügner wäre, würde er sowieso einen Einlauf bekommen. Offenbar hat Figueroa die Schnauze nicht halten können. Hoffentlich hat er wenigstens nichts über ihren persönlichen Deal verlauten lassen.

Lottermann holt Luft.

„Kommt drauf an. Ich schreibe natürlich, was ich weiß. Aber ich weiß oft weniger als Hinrichs von der ‚Abendpost' …"

„Der kann gut mit Grothe, weißt du doch."

Kracauer stöhnt auf. Er wusste, dass es ein Fehler war, nur einen dieser Schreiberlinge zu schmieren.

„Ich habe gehört, der kann auch gut mit eurer schwarzen Kasse."

„Was willst du damit sagen?"

„Das verstehst du schon, Edwin."

Wieder Stille am anderen Ende der Leitung.

„Hör zu, Lotte. Ich rede mit Grothe."

Kracauer kommt auf Touren. Er hat eine Idee.

„Wir planen da was, aber das ist noch nicht spruchreif. Eine Sonderbeilage, eine Art Imagebroschüre des Clubs, für alle überregionalen Wochenmagazine. Müsste betreut werden. Redaktionelles Volumen etwa 20 Seiten. Wir haben da ohnehin an dich gedacht. Konzeption und Text. Wär das nichts für dich?"

„Mensch Edwin. Respekt, bist immer wieder für eine Überraschung gut." Lottermann lacht laut auf. „Aber ja, Edwin, das klingt interessant. Wenn Gratzkowsky mir zuliefert, heißt das."

„Klar, selbstverständlich. Der schreibt das meiste, du gehst nur noch mal drüber. Wir brauchen dafür einen absoluten Profi …"

„Lass stecken, Edwin, ich mach's auch ohne deine fachkundigen Komplimente, danke. Und meine Tagessätze …"

„… kannst du in dem Fall verdoppeln, das dürfte kein Problem sein."

„Oh, sehr großzügig."

„Gern. Und was Prellmann angeht …"

„Ja?"

„Da wäre es gut, wenn wir in den nächsten Tagen in der Stadt keine Personaldebatte führen müssten. Wir haben ja gerade am Wochenende mal wieder gewonnen, wie du schon richtig gesagt hast, dem Himmel sei Dank. Da käme uns Unruhe von außen wirklich nicht gelegen."

„Na klar, Edwin, Unruhe wollen wir natürlich alle nicht."

Lottermann lacht sarkastisch.

„Und dann darfst du ja auch nicht vergessen, dass ich an dem Verein hänge, das weißt du doch, Edwin. Es ist nur so: Wenn Hinrichs von der ‚Abendpost' auch nur zwei Stunden vor mir Bescheid weiß, dass da was mit dem Trainer läuft und es vor mir schreibt, dann muss ich vor meinem Chefredakteur auf der Fußmatte rutschen und diesem neoliberalen Popowärmer das Skrotum massieren. Das wäre wirklich keine schöne Erfahrung, Edwin, keine schöne."

„Klar, das verstehe ich."

Kracauer grinst bei der bildhaften Umsetzung von Lottermanns Ängsten böse. Schaden könnte es dem Geier nicht, dem erbärmlichen, denkt er noch, doch das ist gerade nicht die Losung der Stunde.

„Weißt du was, Lotte? Falls sich in der Trainerfrage was tun sollte – ich sage, falls – dann wirst du der Erste sein, den ich anrufe."

„Das ist doch ein Wort, Edwin. Und ruf mich spätestens um 17 Uhr an, und die offizielle Presseerklärung haust du nicht vor 18.30 Uhr raus. Das schaffen die andern dann dummerweise nicht mehr für die Nachtausgabe."

„Okay. Schaffst du's denn, die Geschichte in einer Stunde rund zu machen?"

„Edwin, ich *habe* sie rund. O-Töne von Figueroa, von Grothe, von deinem neuen Trainer, sogar von den beiden Pillepalle-Kickern aus Kroatien. Stimmt's eigentlich, dass du an denen ein paar Euro verdienst, ich meine, du persönlich?"

Scheiße. Man sollte keine Geschäfte mit schnauzbärtigen

Südamerikanern machen, die auf Pornos stehen. Scheiße. Kracauer fasst sich schnell wieder.

„Du solltest nicht alles glauben, was Herr Figueroa so in die Welt setzt. Gegen den war Judas ein echter Kumpel."

„Keine Sorge, Edwin, ich glaube diesem Mann ja auch gar nicht erst. Manchmal treibt einen allerdings die journalistische Sorgfalt an, und dann muss man auch den absurdesten Gerüchten nachgehen. Das verstehst du doch, was Edwin?

„Klar. Natürlich."

Kracauer ist jetzt ein wenig blass um die Nase geworden.

„Aber bisher hatte ich dazu noch keine Veranlassung. Und ich kann mir vorstellen, dass das auch so bleibt."

„Genau."

Kracauer bindet sich die Krawatte etwas lockerer.

„Danke."

„Keine Ursache."

Kracauer kann spüren, wie Lottermann in sein Telefon grinst.

„Also, dann noch mal zum Mitschreiben, Edwin. Du rufst mich an, bevor ihr Prellmann vor die Tür setzt. Ich will's eher wissen als der Mann selbst, das gibt die besten O-Töne ..."

Beide, Kracauer und Lottermann, lachen kurz auf.

„So lange halte ich die Füße still, kannst dich drauf verlassen. Allerdings ist Figueroa ein Sicherheitsrisiko. Wenn ihr den weiter in der Stadt auf eure Kosten rumhuren lasst, dann wird selbst die ‚Bäckerblume' früher oder später hören, was da mit Prellmann läuft."

„Okay, das behalten wir im Auge. Aber wenn wir am Wochenende verlieren, dürfte dieses Problem ganz schnell aus der Welt sein."

„Na dann hoffen wir mal das Schlechteste für unsere Gurkentruppe."

Wieder lachen beide auf.

„Und was die Broschüre angeht, wann höre ich da von euch?"

„Welche Broschüre?“

Kracauer ist einen Moment irritiert.

„Na die Beilage. Für die Wochenmagazine?“

„Ach so ... Ja, nun ... Ich rede mal mit Gratzkowsky. Das machen wir zeitnah ... Du erhältst ein Briefing noch bis zum Ende des Monats. Wie gesagt, das macht Gratzkowsky.“

„Kann ich da die Kosten für die Konzeption schon mal vorab in Rechnung stellen, Edwin, ich habe da gerade einen kleinen Engpass ...“

„Aber kein Problem, Lotti, wann immer. Ich sag der Pumm Bescheid, dass sie's gleich anweist. Dauert keine Woche.“

„Super, Edwin. So kenne ich dich. Dann leg dich mal wieder hin. Und Grüße an die Frau Gemahlin.“

Kracauer ist nicht verheiratet. Nicht mehr. Seine Frau hat sich mit einem Spielerberater nach Italien abgesetzt, vor zwei Jahren. Lottermann weiß das.

Bevor Kracauer noch antworten kann, ist die Leitung tot. Eine Minute bleibt er bewegungslos auf seinem Sessel sitzen. Dann nimmt er den Hörer ab und sagt: „Frau Pumm. Unterbrechen Sie doch für einen kurzen Moment Ihre Nagelpflege und geben Sie mir Figueroa, Grothe und Hinrichs, in genau dieser Reihenfolge. Vielen Dank.“

„Sehr gerne, Herr Kracauer, sehr, sehr gerne.“

Interessante Paarungen, zehnter Teil

[Der Albtraum von Heribert Faßbender]

Die sieben Siegel

[Wege zur Perfektion]

Das siebte Siegel: Wie das Leben weitergeht

„Frieder Koller, eine Frage, ein kurzes Interview für ‚Eurokick'."

„Ja? Was wollt ihr wissen? Aber schnell."

„Frieder Koller ... Moment, sorry. Läuft der Ton, Tobi, ich habe nix auf dem Ohr ... Läuft? Danke ... Also ..."

Der TV-Reporter holt noch einmal tief Luft, dann macht er ein sehr besorgtes, ja nahezu betroffenes Gesicht.

„Frieder, was sagen Sie zu den neuen Entwicklungen?"

„Ja, gut, das ist eine Sache, die uns Spielern natürlich leid tut, aber das regeln wir intern, und das haben wir auch immer so gesagt."

„Hat der Trainer Sie nicht mehr erreicht?"

„Was heißt erreicht? Ich sach mal, der Trainer ist immer die ärmste Sau, sach ich mal. Wir Spieler haben das verbockt, wir stehen da in der Verantwortung, sicherlich. Auch wegen die Fans."

„Das heißt, Sie hätten gern mit Herrn Prellmann weiter gearbeitet?"

„Ja gut, das ist Sache des Vereins, darauf haben wir keinen Einfluss."

„Äh ... dann frage ich einmal anders: Hatten Sie den Eindruck, dass die Mannschaft die Taktik ihres Trainers nicht verstand, der Diskurs über Dreierkette und Rotation im Mittelfeld?"

„Wie? Was? Wie war die Frage noch mal?"

„Hat die Mannschaft das umgesetzt, was der Trainer ihr vorgegeben hat?"

„Nein, nein, wir haben den Karren gemeinsam in den Dreck gefahren, und da holen wir ihn auch gemeinsam wieder raus, der Geist in der Truppe ist okay."

„War das auch unter Trainer Prellmann so?"

„Ja, sicher. Aber die Ergebnisse haben nicht gestimmt. Beim Fußball zählen die Tore, sach ich mal."

„Dann hat Ihrer Meinung nach der Vorstand richtig gehandelt, indem er den Trainer beurlaubt hat?"

„Dazu kein Kommentar."

„Aber stimmt es etwa nicht, dass die Mannschaft nach einer Sitzung im Privathaus Ihres Präsidenten Grothe gegen den Trainer abgestimmt hat?"

„Von so einer Sitzung weiß ich gar nichts, und wir haben da auch nicht abgestimmt."

„Aber unsere Informationen besagen, das Ergebnis wäre 17:3 gegen Trainer Prellmann gewesen."

„Ich weiß nicht, wo Sie diese Informationen herhaben, das kann ich im Reich der Fibel verweisen."

„Was?"

„Ja, das ist richtig."

„Eine letzte Frage zu Ihrer persönlichen Zukunft."

„Ich hab Vertrag bis 2008. Den will ich auf jeden Fall erfüllen!"

„Auch bei Abstieg in Liga zwei?"

„Wahrscheinlich in jedem Fall."

„Aha."

„Ja, die Stimmung in der Truppe ist gut. Der neue Trainer hat gleich frischen Wind reingebracht. Jetzt wird beim Training auch mal wieder gelacht. Ist wichtig, das wir nicht verkrampfen. Dann bin ich zuversichtlich, dass wir die nötigen Punkte für den Abstieg sammeln werden. Die Mannschaft hat die Potenz dazu!"

„Vielen Dank, Frieder Koller, für dieses offene Interview. Ich gebe zurück ins Studio, zu … äh … Dieter Blümer."

Danksagung

Für die ein oder andere Anregung bedankt sich der Autor bei Frank Braun, bei Christopher Fleck, bei Hein Hilgers, Sven Leu, Olli Wurm und Simone Buchholz.

Ursprünglich war dieses Buch mal als nacktes Fußball-Fakten-Sammelsurium geplant – da gab's allerdings Christoph Biermanns amüsante Faktensammlung ‚Fast alles über Fußball' noch nicht und auch ‚Fußball unser' von Eduard Augustin, Philipp von Keisenberg und Christian Zaschke lag noch nicht in den Buchhandlungen. Die ein oder andere Info stammt aus diesen beiden – im Übrigen: sehr empfehlenswerten – Büchern. Weiterhin große Hilfen: Christoph Eichlers ‚Lexikon der Fußballmythen', Jürgen Roths ‚Kotzbrocken', Rainer Moritz ‚Vorne fallen die Tore', die Internetseiten „Fußballdaten.de" und „normaligerweise.de" sowie die Backlist des sehr schönen Fußballmagazins ‚11 Freunde'. Vielen Dank auch „meinen" Mannschaften des SV Rugenbergen, dem FC Freischütz München, der Ü33 von Schmitz Komm und den Betriebssport-Ruppern von Gruner & Jahr – ein dreifaches Hipp Hipp Hurra auf die Kabinenkultur! Danke auch meiner Lektorin Katharina Festner von dtv, die meine monatlichen Wasserstandsmeldungen, wie das Konzept des Buches zu verändern sei, souverän ignorierte und darauf vertraute, dass zum vereinbarten Termin schon ein druckfähiger Text in München eintrudeln würde.

Zuletzt, natürlich: Tiefer, wohlerzogener Diener vor der Ahoi-Zentrale Sabine Martens, die trotz putziger Ideen und stetem Getränkenachschub nicht verhindern konnte, dass dieses Manuskript dann doch noch fertig wurde. Beim nächsten Mal wird sie vielleicht sogar mal ein Kapitel lesen.